一切幸福，不过恰好

YIQIE XINGFU
BUGUO QIAHAO

韩月牙 著

GUANGXI NORMAL UNIVERSITY PRESS
广西师范大学出版社
·桂林·

图书在版编目（CIP）数据

一切幸福，不过恰好 / 韩月牙著. —桂林：广西师范大学出版社，2017.8（2018.6 重印）
（雅活书系）
ISBN 978-7-5495-9949-3

Ⅰ. ①一… Ⅱ. ①韩… Ⅲ. ①散文集－中国－当代 Ⅳ. ①I267

中国版本图书馆 CIP 数据核字（2017）第 172249 号

广西师范大学出版社出版发行
（广西桂林市五里店路 9 号　邮政编码：541004
网址：http://www.bbtpress.com）
出版人：张艺兵
全国新华书店经销
广西广大印务有限责任公司印刷
（桂林市临桂区秧塘工业园西城大道北侧广西师范大学出版社集团有限公司创意产业园内　邮政编码：541100）
开本：880 mm ×1 240 mm　1/32
印张：8.875　　字数：162 千字
2017 年 8 月第 1 版　　2018 年 6 月第 2 次印刷
印数：5 001~7 000　　定价：45.00 元

/　月出皎兮（序）

王旭烽

“所有的人都从生活中得到了一切，但是大多数人自己却不知道。”阿根廷大作家博尔赫斯这样表达时，恐怕今天所有的人当中，大多数都未必听到先贤此言；而在听到的人当中，大多数人也未必能够如此地来思考他们的生活，因此便也很难知晓他们得到的那一切是什么。所以，远在中国的韩月牙老师能够领悟这一切，实在是很幸运的。

天生爱读书与写作，笔耕不辍且乐在其中，于是自然而然，水到渠成，不用坚持，读书与写作便成为习惯，就像阳光、空气和水。韩月牙老师这种把精神生活与物质生活完全水乳交融在一起的状态，就像天生颜值就高，无需再加整容，在这个时代其实也是很幸运的。

21世纪，还有谁不忙呢？但真正热爱着的东西是不可能无暇顾及的，这有点如母亲哺育婴儿。韩月牙作为中学老师，一天二十四小时肯定充斥在快节奏中，但这并没有让她觉得写作有多艰辛，因为阅读、思考、写作，是她生活的常态。她在阅读中沉醉：毛姆谜一样的小说，沈复的《浮生六记》，张爱玲的散文，独一无二的木心……他们诠释的有关这个世界的文字，都在韩月牙的心中激起涟漪。徜徉诗海，青春的记忆被唤醒，对文字的敬畏和热爱被激发，想到生命中还有如此一件美事与自己形成命运共同体，我想韩月牙肯定是暗暗地窃喜，悄悄地幸福着的。

“天蓝，朵白，我们坐在紫藤花架下，微风吹拂白发，我从容地打开一本笔记，指着其中的诗行，微笑着对老说，在我不太年轻的时候，我已经记下了你到来时，我的心动。”笔下生风纸上动情，她记下的诸多心动：寻面，念老，对一个“盉”字的探究与想象，对一把不慎丢失的木梳的牵念和珍爱……朴实地叙写，一样拨动读者的心弦。

亲人、老师、学生，无疑是她生命中的重要他人，怕来不及奉献孝心，怕来不及陪伴爱人和孩子，怕来不及……她也把不少笔墨给了自己敬爱的小学老师和当孩子一样教导的学生，字里行间充盈着殷殷之情，豁达、感恩、惜福。

日常生活，最可见出一个人的真性情。不管是赶2800级台阶去会一棵树，还是听雨听出雨的不急、不争、不怨，不管是凝望一块土地并在不同日子为其拍下七个瞬间，还是赏花草想到花木都是哲学家，写的皆是琐事，其实记下的何尝不是时间的脚印？何尝不是一滴水滴进时间的海里的淡泊心境？

韩月牙多次写到月：怪那一片月光，洒下清辉，让她围绕阳台写下许多痴话；皎洁玉轮，不染纤尘，是四十多年前她与父亲共享的月光；望月，在满城清辉里，任由思想的野马驰骋，了然在心，虽然世界仍有很多真相在我们的知道之外……她率性地剪裁一片片月光，只愿快意行走，远离喧嚣，读书，听乐，冥想，安享宁静。

往事如烟，她人在西塘，心念故乡小镇，梦里不知身是客；写婆婆的好下饭，绘就的是绍兴乡村清浅的风俗画；心心念念无法抵达的故乡；絮絮叨叨孝丰外婆家的件件桩桩……是时间的沉淀，心境的开阔，让岁月的流水声中多了些许平静。

一朵心花，伸展出羞怯、沉醉、亲爱、日常、心动的五瓣心页，铭记了一些温情脉脉的瞬间，一些荧荧闪亮的片段，一些略带伤感的沉着，一天天充盈着的相互体恤，在困苦中坚守着的对生命的尊重，以及对人性弱点洞察后的母性般的谅解。

像月亮一般的生活，便吐露出月光一般的文字，清亮，简静，从容，言之有物，饱含真情，亦有留白，引人星空般的遐思。

月出皎兮……是为序。

二〇一七年五月五日

（王旭烽，浙江省作家协会副主席，国家一级作家，其代表作品《茶人三部曲》第一、二部获第五届茅盾文学奖。）

目录 Contents

辑一　羞怯

002 · 梦里不知身是客

008 · 怪那一片月光

016 · 下饭

021 · 袁花袁花

025 · 羞怯

035 · 无法抵达

042 · 玉佩

047 · 孝丰往事

辑二　沉醉

058 · 唤醒沉睡的阅读

061 · 谜样的小说

065 · 芸娘何其幸也

070 · 发现另一个张爱玲

074 · 读木心

091 · 墨香依旧

098 · 不仅是好看
102 · 一万零一种写法
106 · 诗心如钻

辑三 亲 爱

112 · 我怕来不及
116 · 读你千遍
121 · 菜谱
124 · 母亲的心
127 · 天堂一定有月光
135 · 恰恰的阳光世界
139 · 记得
143 · 谁在前世约了你

辑四 日 常

154 · 去会一棵树
158 · 听雨
165 · 一块土地的七个瞬间

168 · 我在绿中
173 · 渡过春天的河
179 · 花草三题
185 · 在那里，在这里
189 · 是一滴水，滴进时间的海里
195 · 在火车上看日出
197 · 望月

辑五　心 动

206 · 寻面记
215 · 响了 N 下
221 · 心有一片海
225 · 盉
228 · 木梳
234 · 三个会
236 · 一觉睡到小时候
241 · 越过山丘，虽然已白了头
248 · 她从山中来
255 · 床前明月光
258 · 为一座城心动

269 · 一直很安静（代后记）

辑一 羞怯

当时不过如此的事，几年后回想，竟是十分的羞愧难当，在我还未脱贫的青春，在我尚未走出小镇的时日，一想到那天的这一幕，不禁心跳，脸热，欲哭。生命是一条河，那一段无疑特别狭窄，袜子上的两个洞，都会让我失眠流泪。

/ 梦里不知身是客

上一次到西塘，是多年前的事了。那时年轻，心贪，一口气玩了四五个江南知名的小镇，以至于回杭后，说不清周庄与同里的分别，连西塘和南浔的有些景致也会混淆。只记得，那时是春天，艳阳高照，春风拂面，心情惬意，白天坐在小船里看风景，红花、翠柳、小桥，青石板路，美人靠椅……晚上徜徉在各家小店，赏玩丝绸的围巾，缎面做封皮的小本子，各式小玩意，乐不思归，还买了荷花灯，许愿，看灯随着水流漂呀漂……

这次我再到西塘，是初冬，长秋之后的骤冷，天气晴好。我独自一人走在熟悉的青石板路上，头顶是绵延的骑楼，脚下是诗意的烟雨长廊，一旁是温和的河流，白天阳光跳跃，夜晚灯光摇曳，不时有摇橹的小船驶过。我的内心泛滥着脉脉温情，和着那欸乃的橹声，穿越几十年的光阴，把自己扔进时间的流里……

我有很多故乡。每一处的生活都让我感慨，每一次的回想都是百感交集，只觉得语言的贫乏，唯有叹息，悠长，悠长。我的七岁到十七岁，是在嘉兴的一个小镇度过的，那个小镇像极了西塘。

一样的房屋，一样的木门木窗，一样的白墙黛瓦。沿街大多是旧式的二层小楼，底下临街的一间开店，打铁铺，馄饨店，卖杂货的都有。在早晨的雾霭里，古朴的门板一条条被卸下，码齐了竖一旁，待傍晚时再一条一条地按顺序装回去，推严密了，把一个两三进深的精致小世界封在里面。偶有二楼门窗上的花花草草挂下几挑绿叶，泄露了里面的精彩。有的房屋，朝南的临街，朝北的那头靠河，有几平方米的屋子是用几根木柱拄在河中的，推开雕花的木窗，用系了一根长绳的水桶，"扑通"一声，就能打上满满一桶水来。

一样的饮食，一样的加糖，一样的喜欢"臭"。杭嘉湖，烧菜喜欢放糖，鱼肉这类荤菜自不必说，连炒茄子之类的蔬菜，我们也习惯在起锅时加一小调羹白糖。小时候养成的习惯，不嗜辣，不喜咸，我至今不改。最难忘的是"臭"，几乎每家的院子里都有一个臭卤瓮，一到夏天，什么都拿来臭，可以说到了无臭不欢的程度，臭豆腐不必说，清蒸的油炸的，下酒配稀饭，是夏天的美味。还能臭毛豆，臭冬瓜，臭苋菜梗……这次在西塘，吃到那盘菜心做的腌菜，

买了荷花灯，默默许个愿，
看它在河面漂，渐渐漂远
Avril
2017.4.

童年的记忆呼啦一下汹涌而来，就是这甜甜的、鲜鲜的、咸咸的味道！岁月像在倒带，我仿佛听到了那甜糯的乡音，悠悠地说着，臭豆腐，真是香啊。

一样的吴侬软语，有酒酿圆子的甜，有桂花荷叶的香。有一种声音，它催人泪下，它就是乡音，有母亲的呼喊，有老师的问询，有同学的稚语，有熟人的嬉笑……从灵魂的角落里，从悠远的梦境里，从望也望不到边的过去，清晰地传来，穿越一万多个日夜，带着泪的温度，向我奔来！我和这个小镇在一起，有那么多懵懂的日子，它们浸入了我的生命里，而我最初来到这里，只因为它是母亲分配工作的地方，我们无亲无眷，言语不通。我努力忘却七岁以前的方言，让自己融入小镇的生活，直到小镇与我的生命再也无法分割。听到西塘人的方音，我热情地回应，脱口而出的，是那遗失的属于小镇的天籁……

还有活色生香的日子，艰难的成长。我们呼朋引伴地去春游，初一还是初二的那个春天，坐船到的是海宁硖石，我们不懂徐志摩，不清楚金庸，也不知道著名的陈家，只会在公园里疯玩。最远的一次，我们全班闹哄哄地去苏州，晚上上的船，睡一夜，一早醒来到苏州，十三四岁的年纪，江南的园林还不懂欣赏，但同伴出游的快乐，依然记得！真好吃啊，嘉兴南湖的无角菱角，嫩的生的脆而甜，老的熟的糯而香……

再到西塘，我生出这样的恍惚，分不清过去和现在，想不明西塘和故乡，春天与冬天，白天与夜晚，一幅幅图景不断地在我的脑海闪现，灵魂出窍是什么感觉？这样的恍惚？

我恍惚地游走，店铺已生出许多陌生，江南普通话已渐渐顺溜，邀请客人进店的热情有点过头，早晨的街面不够干净，门外放着“要紧桶”的场景已经很稀罕，生煤炉的刨花和蒲扇还带着些许故乡的熟稔，香糯的芡实糕和八珍糕沉淀着童年温暖的记忆，荷叶粉蒸肉的清香浓烈而持久，夹杂着臭豆腐的味道，交织成属于故乡的独特的气息……我恍惚地走进我的客栈，雕花大床有外婆家的味道，有的红漆已褪色，粉红的蚊帐让我联想到聊斋，推开木窗，一张美人靠与窗台齐平，窗外是河流，有小船驶过，留下嬉笑的话语和人声……桥头的钱氏豆腐花，相隔不远的两家，是父子；做鸡蛋饼相邻的两个，是夫妻。

太阳一掉进河里，小镇的夜晚就隆重登场。酒吧一条街，喧嚣得要把房顶掀翻，我担心那些木头的门窗禁不住这般长久的震荡。红灯笼招摇地亮起，不再需要别的路灯，小镇已经足够光明。买了荷花灯，一元足矣，默默许个愿，看它在河面漂，渐渐漂远，微风中，火苗摇曳，在荡漾的水波里，有一种说不出的情愫。走不多步，看到河中的小船无声无息地过来，船上的男子熟练地用长兜兜起未燃尽的荷花灯。我心里遗憾着，也知道我的荷花灯是怎样的命运。就着灯光，看店铺门窗上那些个性的文字，告诉你一个柔软的江南。街边的小店煽情地请你给未来的自己寄一张明信片，但不知道未来是什么，我完全沉浸在过去，以及享受当下，不去想未来的模样。

逛累了回来，在雕花大床上躺下，头枕着小河的波涛，伴着欸乃的橹声、酒吧悠远的乐音，我的梦境五彩斑斓，李煜的一句“梦里不知身是客”硬生生跳出来，把我的梦熏染成了水墨色……

/ 怪那一片月光

月夜，一个人站在阳台上，思绪飘飞。

曾以为，阳台是最少变化的所在，不像客厅、卧室、书房。客厅的沙发、桌椅，可以随意变换位置，客厅的盆栽也随四季而不同；卧室更是随意：换季时换一床被褥，感觉像进了另一个房间；书房呢，书多书少，花开花谢，都是不一样的味道。阳台，就是晾晒衣物之所，简单至极，简单到空荡荡的程度。细想一下，马上觉出自己的可笑：我只着眼于我站着的这个阳台。因为空间阔绰，且不止一个阳台，阳台的功用自然就单一了。回想老家的阳台，有心看别人家的阳台，发现全不是那么回事。

老家？这个词一从我心里生出来，我就把它固定在那个江南小镇，在那里我度过了人生最难忘的十年——我有很多个故乡，但这个小镇留给我的印象最深。三十多年前的事了，那时终于分到两室一厅带阳台的一套房子，母亲欢喜得很，在阳台上用一半的空间搭起花架，摆满了花盆。花很普通，也就是仙人球、铁树、月季之类，一得闲，母亲就忙着浇水、施肥、松土、剪枝，乐在其中。那时的母亲五十来岁，我的脑海里总有她在阳台忙碌的身影，手拿一把剪刀，有时是一把铲子，更多的时候手提一把洒水壶。当太阳收敛起锋芒时，花盆已经转凉，母亲心疼那些花儿，等不及第二天一早，她便拎起洒水壶，清水从花洒里均匀地洒下来，我看见那些弧形的细水柱有好看的颜色，背景是自家窗户射出的灯光和不远处路灯昏黄的光交织在一起的夜。

阳台除了种花，就是看风景、看书报。晚饭后到暮色四合的那段时间，是最好的时光。我家在二楼，母亲会趴在阳台的栏杆上，看一楼的花园，有时和一楼的邻居聊天。一楼最大的好处是有一个十多平方米的院子。楼下的两户人家都用来种花，一年四季都是风景。最常见的是凤仙花，随手撒一把花籽，开花时红红绿绿的，看下去颜色特别跳。那些月季，只是零星的几朵，一开花，仿佛在二楼的阳台也能闻到花香。春天和秋天是美妙的，冬天也好，有雪更佳，而夏天不同，雷阵雨一来，瓢泼一样，晒干的衣服抢收回家，娇贵的花也得赶在雨前搬进家，也就一两盆君子兰而已，大部分在露天，在阳台，被大雨浇个透。雨急风骤之后，满园的绿肥红瘦，自家的阳台也呈现残败的景象，母亲拿起笤帚清扫阳台，把下水口上的落叶清了，阳台上的积水哗地一下下去了。雨霁还是美的，天蓝，朵白，空气干净如洗，弥漫着尘土和花草混杂的气息，阳光洒下来，照在路上的积水上，花园里石砌的小径上，一汪一汪，清亮亮的，每一个角落都可入画。更多的时候，母亲抓紧这亮着的时光，搬个小椅子坐在阳台上看报纸，一杯茶搁在窗台上，报纸翻得哗啦啦响，好像时间已静止。离开后很多年，不时有消息传来，我家一楼那花园的主人，病了，重病，不得不截肢，而后病逝。想来那花园早已荒芜了吧？邻居家一楼的主人，夫妻俩都已退休，不常住，那花园不知还如当年那样欣欣向荣吗？

夏夜的阳台，纳凉是永不消逝的主题。纳凉前，要用井水把阳台的地浇透，第一遍后，地已干净，但还有热气，两遍三遍后，脚踩在地上，凉凉的，爽。大雨后纳凉，甚至不用打扇，坐着吹风就是享受。在没有空调，电扇也很奢侈的夏夜，阳台是纳凉的最好选择，自然的风可以吹到，又可以避开蚊虫的叮咬。阳台当然也有蚊虫，但和别处比起来，好太多了。一家人搬了凳椅，摇着蒲扇，悠闲地坐着说闲话。我在记忆的海里打捞那些话语，发现一句完整的都不记得，它们都随时光飘散了。只记得这样的场景：一家人坐着说话，打扇，有

一家人坐着说话，打扇，有风，仿佛默片。有时吃西瓜

风，仿佛默片。有时吃西瓜，用脸盆把切好的西瓜端出来，吃完后，把装着西瓜皮的脸盆再端进屋，这一出一进，得有好身手，得快，一闪，纱门边的蚊虫还没醒过来，你就要完成，否则你会收到一两句不严厉的埋怨。我记不得阳台上母亲训过什么话，训话得在无人处，阳台太张扬了，邻居们也习惯了阳台上隔空传话。关于阳台的记忆，和母亲的严厉无关，和家境的贫寒无关，听蝉鸣，聊闲天，数星星，赏月亮，是属于我家阳台的美好记忆。

不得不提的是阳台上的晒衣竹竿。那两根竹竿，总横在我的记忆里。在凭票证度日的年代，物质匮乏到匪夷所思的地步。在影视里看到用竹枝靠在墙上晒衣服的场景，我就想起那时我家的两根晒衣竹竿，那是我的干姐姐扛着它们走了十来里路拿到我家的。平日不晒衣的时候，这两根竹竿被母亲当宝贝一样搬进阳台里，雨淋和暴晒，都会缩短其寿命。我十多年前见那两根竹竿，已经有开裂，颜色也晦暗了些，但一直在用。

我隔了这么多年没有回老家，不知那阳台怎样了，花草还绿吗？晒衣竹竿还在吗？都怪那片月光，带着我的心飞回曾经的阳台。前几日，一个我叫了四十年哥哥的人，对我说，什么时候你回小镇，我陪你去看看。不知怎么的，当时眼睛竟有些湿了。

说别人家的阳台是没有那么多伤感的，我终归只是一个看客。

阳台即使再平凡，也可以这样潦草归类，或繁杂，或简单。我搬家后住的是九楼，在自家窗台看别人家的阳台很方便。繁杂的，也许主人把它当作了杂货间，柜子、纸板箱、花草、瓶罐，不算小的阳台也显得有些挤了。衣服还是要晒的，不精致的女主人随意地用衣架夹了，长长短短，皱皱巴巴，这个夹子没夹牢，那个衣架少了一个夹子，总之，敷衍得很。反正是一个别人不会到的所在，用不着费那么多心。在城市活着，你要操心的事情太多了。简单的阳台，其实东西也不少，但都码齐了放，晒的衣物也是用了那么一点心的，不疏不密，很挺括的样子，连抹布也是摊平了晒。处处都显出主人的用心来——生活，即便是旁人不注意的地方，也不能委屈了自己。有几个阳台，可以看出主人是酷爱花的，几乎每一季都有绿，藤蔓沿栏杆攀缘，红花绿叶，生机勃勃。藤蔓上有两朵黄色的花 ，远远的，我认出那是丝瓜。我实在记不得那家的主人是何时种的花，甚至都不记得有哪一天见主人在浇水或侍弄花草，但偶尔扫一眼那幢楼的阳台，目光就禁不住被那家的吸引。狭小的阳台，简单的日子，也要用心对待，过出不一般的味道来。

阳台多安静，偶尔不安静。很多时候，晒好了衣服，转身进屋，把窗门一拉，一个阳台的小世界被关在了外面，似乎管它洪水滔天也与己无关了。见过把茶几搬到阳台的，刚上小学的小孩子，坐在小板凳上做作业，一旁是大人，时不时指点一下。我只一瞥，印象中都是安安静静的。唯有一次例外，女主人在阳台晒衣服，衣服抖得响，似乎我这边都能听到，反正感觉带着气。那家的男主人出来，要帮忙晒，不让，两人喉咙梆梆响地吵起了架——阳台的这一幕应该是屋内两人战争的延续。这种场合，断不会有人探头来看，城里就是这样。我忙转身忙别的去了。安静的，偶尔不安静的阳台，很有人间烟火气，凡尘的俗世生活，可以一览无余，即便是阳台这样不起眼的角落。

阳台封，或者不封，也许不是问题。一些人家，把阳台全封闭起来，毕竟寸土寸金，可以做书房，装上窗帘，便是很安静的所在，夜晚拧亮一盏台灯，看书，上网，是一个不被人扰的世界。但不封的人家居多，估计家里也不差这几个平方，风可以不被阻挡地吹进来，雨可以洒在那些花花草草上，还有四季流转的风景，可以没有遮拦地入你的眼。你占着一个开放的阳台，有时听鸟儿穿过雾霾落在栏杆上鸣啭的声音，有时看楼上的落花飘落下来，睡在你家干净的阳台地面上，那样，你知道，即使钢筋水泥防盗栅栏把一家一家分隔，自己依然和这个世界水乳交融。

阳台，绝对是一个小世界。曾经的阳台，时间距离不远，你却永远回不去；别人家的阳台，空间距离不远，你却永远无法到达，那是一个属于别人的小世界，你最好不要去打扰，连这样不点名的写都像是一种亵渎。就让它成为清静的所在，可以让一个人沉思默想，暗自垂泪，吐故纳新打一套拳，放一张瑜伽垫安静地享受一段；甚至可以学男人，手夹一支烟，吞云吐雾，或者端一杯酒，一饮而尽，再斟满，不知今夕何夕。不要靠近，请尊重城市人的孤独。

月，洒下清辉。阳台，小世界，此刻多么安静。怪那一片月光，让我转身写下了这么多痴话。

/ 下饭

在绍兴方言里，“下饭”不是一个动宾短语，它是一个名词，指的是用来下饭的菜蔬。用方言来读，音接近“哦凡”。

一进腊月，大家忙着备年货，我婆婆就开始请人做年糕、做老酒，自己赶着好太阳腌鱼、酱肉、做腊鸡腊鸭，还要包粽子、做扣肉。做扣肉用的霉干菜，是在清明前后就晒好的。我婆婆没有读过多少书，年纪也大了，但说起年糕老酒，记性特别的好，前几年用了多少斤米，做成了几甏老酒，做酒的师傅姓的啥等，婆婆都记得清。我听的时候呼应着，一转身就忘个精光，所以很佩服我婆婆的好记性。那些自制的腌鱼酱肉，用什么牌子的酱油，用几斤几两酱油和粗盐，酱多长时间，再晒多久，晒在什么地方，似乎都约定俗成，也颇有讲究，因此是餐桌上不错的下饭，那些超市采购来的自然无法与之相比。最好的腌鱼，活鱼来自门前的鱼塘。被人承包了的鱼塘，等到年近，便圈围起来，用水泵抽干了水，只见鱼儿乱蹦，人们抓了活鱼，称了，买了，杀净，腌制后，取一截筷子粗细的小竹条，把对剖的鱼肚撑开，晾晒。天气晴好的日子，家家户户的阳台上挂满了腌鱼酱肉。婆婆家的阳台，一边的三根竹竿挂满腌鱼酱肉，都用细绳系着。早些年，家里还腌冬菜，选长杆的青菜，清洗后略略晒一下，用一口大缸，选粗盐，脚踩出汁水来，再压大石头。做下饭的得去掉叶子，只选长杆，与冬笋翻炒，是谓“炒二冬”。

一年忙到头，前面的劳碌都只是过年下饭的序曲。年三十这天的一早，我婆婆会像平日一样起早，生好三个煤饼的煤炉，大饭锅大蒸架，一早就开始蒸或炖各式下饭，像霉干菜扣肉、炖老鸭之类，一烧就是小半天。中饭常常是随便那么一弄，草率解决的为多，一门心思都在那餐年夜饭上，不弄二三十个菜蔬，似乎就很对不起祖宗，也对不住自己一年的辛劳。现在的绍兴乡村，往往不等夜黑，就早早开饭，有的人家甚至在下午四点钟就开始祭祖——那日子不方便去串门，但祭祖后燃放的爆竹，各家各户都听得清。在落座前，有隆重的祝福仪式。先是各式菜蔬端上桌，有几样是不能少的，如元宝鱼、霉干菜扣肉、白斩鸡、粽子、花生等。接着摆正碗筷，摆好椅子，温了老酒筛好，家族里的权威人士虔诚地一圈圈劝酒，口中念念有词，一般就是

请人做年糕、做老酒，自己赶着好太阳腌鱼、酱肉、做腊鸡腊鸭，还有包粽子、做扣肉

请祖宗多吃、吃好的话语。然后将早就备好的纸锭烧起来，将早就买好的香烛点起来。最后才是子孙们拜祖宗表祝愿。家里若有年幼的孩子，大人会提醒不要碰桌椅菜蔬，轻声说，祖宗在吃饭呢。待香烛燃得差不多了，想来祖宗也享受好了酒菜米饭，子孙们再轮流拜一圈，这样之后才能撤了香烛之类，重温了酒，年夜饭正式开吃。祝福后的年夜饭没有太多讲究，最好的下饭都在了，敞开了吃就是，能吃是福。我婆婆的厨艺一般在这个时候开始接受褒扬，似乎每个菜都做得好。像近几年上桌的甲鱼、河鳗之类，也吃不出多少鲜味，倒是清蒸河鳗时撒的那点霉干菜，咀嚼起来除了本身的菜香，还带着一点河鳗的妖冶的鲜。

整个正月，从年初一开始，亲眷们开始你来我往，绍兴话叫“做人客”，一般只吃中餐，也有至亲留下吃晚饭的。下饭的好差最能看出关系的远近好歹，而所谓好差，难得指口味，主要说的是市场价钱。我们去舅舅家姨妈家做人客，先吃各式点心，待到吃正餐了，常常肚子已饱，但眼睛大肚皮小，总要吃到撑为止。你若文绉绉地死讲究，舅妈姨夫的脸色就可能暗下来，心想，瞧不起我们了？怠慢了不成？嫌弃我家下饭不好吧？我婆婆一般不在正月出去做人客，她要留在家里待客人，为他们做饭温酒。婆婆最容光焕发的时候是一两桌下饭得到众人夸赞时，若有人讨教某道下饭的做法，婆婆则喜滋滋地详细作答，不厌其烦。婆婆平日与别家老太聊天，很关心新式下饭的做法，一旦学会了，就尝试着做给我们吃。面对那种期盼表扬的表情，我每次都狠狠地夸，夸得她老人家再接再厉，做更多美味下饭出来。

过年时候的下饭，总以荤腥为主，偶尔食之，尚好，食多了就腻，终不及家常的，吃着舒心——可见人的肠胃是不以下饭价钱的贵贱作为品质好差的评价标准的。在平日的下饭中，我婆婆的拿手菜是雪菜小炒。早春，山里的野笋钻出来了，一帮老太太相约了去拗。一定要用“拗”字，不是挖，不是用刀割或铲，脆的一掰就断，大多得扭啊扭的，硬生生把笋拗断。野生的笋特别鲜，和自家腌的雪里蕻菜，用猛火急炒，味道相当的赞。这道下饭，真的很下饭，还可配粥。待夏天了，茭白很嫩，切成丝，和雪菜炒一起，也是好下饭。面对美味，人的思想也许会麻木，而人的舌头总是有潜力可挖掘。

当我敲下这些字，仿佛听到绍兴话的呼唤，过年哉！做人客去哉！仿佛听见我婆婆爽朗的声音，正津津有味地说道下饭的各式烧法……

/ 袁花袁花

袁花，地名，浙江海宁的一个小镇。这个我至今未曾到达的地方，永远带着暖暖的温度，这和一个人息息相关。

他是我的小学老师，教数学的袁老师。在我读书的那个年代，有一些现在想来匪夷所思的事，比如，我们做学生的都不知道老师的全名。即使偶尔知道了，也像揣着一个天大的秘密，小心翼翼地，不会轻易说出口。回想我的小学时光，只有两个老师我知道他们的名字，其中一个就是袁老师。

袁老师，中等个儿，似乎整个冬天都穿着那件中山装，黄绿色，已洗得泛白，四个兜很服帖。袁老师是个胖子，但胖得不难看，中山装包在他棉袄外面，感觉非常合身。袁老师说话，语速缓缓的，是好听的男中音。

因为我们的班主任兼语文老师是孙老师，非常严厉，精干巴瘦，目光如鹰，再调皮的孩子都怕他，袁老师和孙老师搭班，两人就形成鲜明的对比，袁老师显得格外温柔敦厚、和蔼可亲，他喜欢从早到晚和学生在一起，从不训斥我们，最多声音响一点。

记不清是四年级还是五年级，六月的一个下午，突然变天，狂风，暴雨，居然下起了冰雹。我们班同学很激动，特别是男生，没能坚持到下课，一个个疯了一样冲进雨幕里接冰雹捡冰雹。我听到袁老师嗓门响了起来，叫：还不给我回来！头要砸破了！

我一向安静，是为数不多的在走廊看雨的人。我看得真切：同学没有一个理会他，都手捧冰雹，大的比鸡蛋大，个个乐开了怀，你追我打。袁老师索性跑到雨里，去赶同学，就像小时候常玩的游戏，老鹰捉小鸡。胖胖的袁老师，跑得很吃力，白色的衬衣也湿了，很像落汤鸡，当时我想笑，却湿了眼眶。

很快冰雹就停了，雨止，衣服湿透的袁老师回到教室，他谁也没有骂，只说了一句：你们这帮小鬼啊！

我是从遇见袁老师开始喜欢数学的。十岁的我无法表达对一个老师的喜欢，只知道拼命学好他教的课。四五年级举行过两次全校性的速算竞赛，我都用冠军的成绩，告诉袁老师，我有多喜欢他。

童年的我，文静，敏感，倔强，小小的心里常常有一些古怪的

袁花，我的脑海里是一片盛开的花，一派明媚，我的袁老师老了，就住在花海里

念头，隔着那么远的时光我竟然还记得，那时我常有叫袁老师爸爸的冲动。我喜欢他说话时温和的语调，我喜欢他表扬我时微笑的表情。有一次，下课时间，几个女生围着袁老师聊天，我躲在她们后面，第一次听到袁花这个地名，知道那是袁老师的家，他退休后要回到那里去。袁花，我的脑海里是一片盛开的花，有向日葵，有桃花、梨花，一派明媚，我的袁老师老了，就住在花海里。

记忆是有选择性的。刷刷刷，三十多年过去了，我一直没有袁老师的消息，待我懂得的时候，袁老师早已退休回了袁花。这个八十多岁的老人，他还在吗？他还好吗？真想跑到袁花去，找到老师，像当年那样轻轻地叫一声，袁老师。

/ 羞怯

我小时候是个非常羞怯的人，在小镇长大的人不全像我这样。

江南小镇，墙不甚白，瓦倒是青黛色的，一条河横贯小镇东西。没有汽车，小镇的人出行都靠船，轮船码头在镇中心，一个最是人来客往的所在。

我们五六个刚上初中的女孩，穿过狭小的弄堂，走过轮船码头旁边那座老旧的石桥，沿着河边快走，像麻雀一样叽叽喳喳说着话，夏天的毒日头丝毫奈何不了我们。那时，即使穿的是破衣旧裤，吃的是咸菜泡饭，却总是傻傻地开心，暑假碰到一起，就是说啊说的，敏感的心思，爱笑的年龄，喜欢说一些正确的废话，还有几句幼稚的错话。我记得阳光下同学小新鼻尖上的汗珠，小新特别容易出汗。她的父母是中学老师，一贯不苟言笑，似乎从不出汗。

我们要去薇的新家，看她家的新房子！

那是三十多年前，家家户户不太有装修的概念，我家住筒子楼，一间房隔成两小间，外加一个很小的厨房，连自来水都没有，烧饭用煤球炉，每天拎了煤炉下楼生火，浓烟熏得眼睛直流泪，封炉子真是一门技术活，弄不好未到傍晚做饭就熄火了，少不了挨母亲的骂。家里的地清一色都是水泥地，隔段时间拎了井水拖地，会有一种灰尘的味道蒸腾蓬勃，习惯了这种久晴后终于落雨的感觉，浮尘最后挣扎一下，被清水洗涤干净。即使在暑假，酷暑难耐，也极少有人家把地拖干净了铺席子睡的。家家用马桶，爱干净的人家用高脚痰盂，根本没有抽水马桶的概念。每天清晨，院子里摊着倒空了的马桶，夏天更是必须每天清理，否则长蛆，白白的，一蠕一蠕的，非常恶心。薇的家差不多是镇上第一拨住套房的人家。

薇的新家，进门居然要脱鞋！

我们这群小麻雀，瞬间噤了声，但很快就有同学欢叫着，脱了塑料凉鞋，光脚踩在油漆过的地上，挤进门去，看薇家里的新鲜东西，宽敞的客厅，独立的卫生间，少见的阳台，摆着几盆花。

只有我，在门口进行着激烈的思想斗争。我家穷，没有钱买塑料凉鞋，我脚上穿的是自做的单布鞋，里面的袜子破了个洞。我的大脚趾有些长，有些翘，能把任何新丝袜顶出洞来。我下意识地脱出鞋后跟，很快想到那两个洞，迟疑着，忸怩着，终究缺少勇气，让自己的破袜子暴露在众目睽睽之下。

薇的母亲在客厅切好西瓜，一瓢一瓢排好，用脸盆盛了，端放在桌上，然后她微笑着招呼我，进来呀。

我已经把脱下的鞋后跟重新穿上，矜持着回应，阿姨，我不进去了。

小新快人快语道，都到门口了，还不进来，好笑死了。

同学都觉得匪夷所思，莫名其妙的，突然不进门，难道就因为要脱鞋？这是理由吗？多好笑。

好笑就好笑，我憋红了脸，就是不脱鞋，我像钉子一样钉在门口，不动，直到同学们一个个参观完毕出来。

当时缺少那份坦然，穷不是我的过错，破袜子也不算特别丢人。其实不必如此在意的，索性把破袜子脱了，不是和大家一样了吗？但那时的我根本没有那样想，更不会那样做，宁可被人看作不可理喻，也绝不露出破袜子，告知全世界我家的贫穷。

当时我的脸色肯定不好看，当小新说我好笑时，我都没有拂袖而去。出了薇的家，我们几个分头回家。我好像和平常一样，丝毫看不出几分钟前刚发生难以回想的一幕：同学们在里面吃西瓜，谈笑，我一个人孤单地站在门口，看着她们，表情平和，而内心波澜起伏。

似乎别的人都可以说我，唯独小新不该。小新的父母都是我们中学的老师，向来为人尊敬。在我读书那个年代，尊师天经地义，这是小镇人的共识，我们小孩连老师的名字都不知道，倘若谁神通广大知道了某个老师的名字，断不敢大声嚷嚷，那太大逆不道。我们习惯了见到老师恭恭敬敬地叫一声，再无别的话可讲，如果老师开恩，回问一句，吃饭了吗，便受宠若惊；一般老师都是骄傲地“嗯”一声。他们一直端坐在上，让我们这些孩子仰望。

也许，假如小新不在的话，我有可能脱鞋入内，毕竟那是新房子，还有薇家的西瓜，何况薇的母亲都特别叫我了。我在犹豫的那一瞬间，脑海里飞快地转过一幅画面：那是冬天的事，小新的父亲，我们中学的胡老师，在新华书店买了一摞新书，恰巧碰到我，就开口叫我拎书，是老师叫我做事情呀，还不得把吃奶的力气使出来，那书太重了，我走了一段路，手都勒疼了，就把书扛在肩上，这时老师说话了，你的棉袄那么脏，还不把我的书弄脏了。我羞红了脸，包棉袄的外套是该洗了，但脏主要是书在地上放过的缘故。当时的我很有一种羞愤的感觉，但习惯了顺从，不还口，老老实实把书拎到胡老师家门口。那以后，我虽然有时还和小新一起玩，但心中就有些隔阂，一想到她的父亲，心里尤其不舒服。

我可以在别人面前，另一个同学面前，露出我的破袜子，她们有的家境和我家差不太多，平日从来不说重话，我的脸面似乎不重要。小新不同，我绝不在她面前露出我的破袜子。

当时不过如此的事，几年后回想，竟是十分的羞愧难当，在我还未脱贫的青春，在我尚未走出小镇的时日，一想到那天的这一幕，我不禁心跳，脸热，欲哭。

生命是一条河，那一段无疑特别狭窄，袜子上的两个洞，都会让我失眠流泪。几年后，我高中毕业，高考志愿填的是师范。十七岁，我走出了小镇，走向广阔的世界，我生命的河慢慢宽阔起来了。四年过去了，我被统配到一座远离小镇的古城的中师工作。带的第一届学生里，有十五六岁的，也有两个是从民办教师考上的，她们与我同龄。二十多年之后，我回想我的第一届学生，还有几十个能清楚地报出名字来，他们是我桃李三千中最深刻的记忆，其中最难忘的是那个叫霞的女生。

霞在我任教的班级里是年龄最小的一个，剪着一个童花头，穿着总是花花绿绿的，完全是小孩的打扮——那时不兴校服。霞上课时眼睛晶亮晶亮地盯着我，一提问到她，站起来回答时一定是羞答答的表情，和城里考上的学生相比，显得谨慎又害羞，即使问题答得很到位，也总是一副答不出来的羞赧模样。霞的作文不赖，每周的随笔，言之有物，书写工整，是让老师赏心悦目的那种，我从心眼里喜欢霞，在她身上，我看到了很多自己当年的影子。

在举目无亲的古城，内向的我不知道拓宽人际交往的面，对于同事介绍的陌生人兴趣也不大，我的每个星期天，时光散淡，读书，懒觉，郊外散步，还有就是去女生寝室看看。真的就是看看，和留在宿舍的女生聊几句天，对第一次离开家的女孩来说是一种安慰。我总想到我自己，离开妈妈多么孤单无助，多么希望有人来看看我，不需要做什么，仅是看看，就很温暖。

那天我到了霞的寝室，霞不在，她的两三个室友无所事事，我自觉有一种责任，要教会这些初次离家的孩子基本的自理能力，毛巾不拧干挂着的，我都要管，至于被子不叠，衣架乱放，鞋子乱堆之类，我都会一一指出。在这些孩子面前，我变得唠叨了，我一改往常的文静与羞怯，碎碎叨叨个没完。

我看到霞的被子扭成一堆在她的床上，和其他整洁的床铺很不和谐，我就很自然地帮她整理了，她的室友在旁看着，也没说什么。

我抖开霞的被子，看到被里上一块比巴掌还大的方正补丁，心里一怔。好些女生进了城，都知道脱去自身的乡气，变成城里人，而这个霞，似乎没有这个意识。被子上的补丁告诉我一部分原因。考中师，当时大半是为了城市户口，而且能减轻家庭负担，师范每月管饭，毕业后还有一个小学教师的铁饭碗，很让人羡慕。

我不动声色地叠被，也许这种安静和我刚才的唠叨对比太鲜明，寝室的空气仿佛凝固了。事后我想，如果我那时说点什么，可能情况会好些，又想，也可能更糟糕。

我叠好的霞的被子，被我方方正正地摆在她的床铺中央。关照了学生几句早些休息之类的话，我就离开了。

我没有径直回自己寝室，而是去了郊外，我需要一场一个人的散步，让自己平静下来。很多小时候贫穷的记忆，因为霞的被子上的那块补丁，闸门被撞开，我的眼泪也变得不听话。我想起几年前去薇的新家的那一幕，我想起丝袜上的两个洞，想起小新说我好笑的话，“家贫”是成长册上的红字，烙印在生命里，无法抹去。我暗暗下决心，我要对所有的学生好，尤其是对像霞那样的贫寒家庭出来的学生。我流了很多泪，心情稍稍平静些，才慢慢走回寝室。

第二天的随笔，几乎让我崩溃。不是在霞的本子上，而是她室友的，文章中说，霞回到寝室知道是韩老师叠的被子之后，号啕大哭，哭了很久，室友劝也劝不住，她哽咽着说：我穷，老师会看不起我的。说完哭得越发凶了。

昨天在郊外的泪，好像得到了招引，再一次不听话地涌上来。我后悔不已，我知道家贫对于一个敏感的女生来说意味着什么，旁人一句平常的话都有可能让她受伤，这种伤，似一片深海，忧郁的蓝，深夜的冷，还有令人窒息的伤害。我原本是因为喜欢霞这个学生，好心帮她叠被，却无意中发现了被子上的补丁，知道了她最不愿老师知道的家贫的事实，什么叫好心办坏事，什么叫肠子都悔青了，那时我真的懂了。

上课时，我看霞的目光变得有些躲闪。霞也总是低着头。有时在校园的路上碰到，霞会躲到一群学生后面，低头，快走，避开我。

我想找个机会和霞单独谈谈，但初上讲台的我为人处事还十分稚嫩，只知道如此直白是不合适的，却找不到好办法来，也不愿讨教同事，我不想事情铺开，弄得众人皆知，担心那样会让霞更加难堪，我深知贫穷的女孩心理是多么脆弱，总习惯把贫穷和自尊硬生生关联。感觉霞更加沉默，脸色苍白，一副不快乐的表情，我苦闷到吃不下饭，这样的心思是无人可以诉说的。

一本杂志上的文章让我眼睛一亮，说的是一个老师如何安慰自卑贫穷的小女孩：在课堂上师生悄悄话这个环节，老师对着这个女孩说，真希望你是我女儿。看得我眼泪都下来了，我的深海好像出现了一束光，我需要一个契机，像文中的那位老师一样，巧妙说出那句动情的话，让霞感知到一个老师的爱，没有歧视，甚至比一般学生更多的爱。当然，仅比霞大五六岁的我，说女儿肯定让我脸红，我就说姐姐吧。一想到霞会重新振作，课堂上又会看到霞晶亮的眼睛，我的精神不禁为之一振。

但教育契机哪会那么容易找到。冬去春来，霞实习了，一眨眼，毕业了。很多次，那句话就在我嘴边，但总差那么一点火候，不是我的自卑涌上来，就是患得患失的毛病左右了我的思想，不是突然觉得自己矫情，就是一迟疑错失良机，一直到她毕业，我都没有等到那个完美的教育契机。而霞，已渐渐长大，她生命中宝贵的十五岁到十八岁，是我陪伴着度过的，我眼看着她学习，成长，进步，自信一点点回来，自卑一点一点消弭。霞成绩出色，实习很棒，个性渐渐变得开朗，我的迟疑很大一部分原因是觉得那句话不再重要，或者说，那个让霞倍感羞辱的瞬间，已经被时间的魔手慢慢抹淡。

时间是化解尴尬的药，唯有时间，让我们长大。一个初登讲台的教师内心的纠结，郊外的眼泪，为那一句美好的话翘盼了很久，这点点滴滴，时隔二十多年再回忆，仍然有暖暖的潮水漫过。

如今霞也是一个中年教师了，她毕业后我们再未见过面，没想到，我再次见到霞的样子，竟是在省报上，报道讲的是最美教师的事迹。我在离霞千里之外的城市，读着这份报纸，端详那张不太大的黑白照片，努力找寻二十多年前霞的影子，发现如此艰难。这个贫寒家庭的女孩终于成长为一名优秀教师，她热爱学生，也被学生热爱着。

我当年没有说出口的那句话，想必霞是感应到了，郊外为自己流的泪，心疼霞流的泪，多么值得。

在安静的夜，我又一次回想自己初一时的那一幕：袜子上的破洞，更多放不下的是小新那句话，待小新成人后她会回忆起那句话吗？她会后悔那句话对一个穷女孩的伤害吗？不得而知。胡老师，他会不会事后就后悔自己的言行呢？他可不可能也像心疼女儿小新一样心疼我，只是那些温柔的话语没来得及对他的学生说出口呢？就像我，为无意中对霞的伤害苦痛纠结，一个人为此流了很多泪，一句美好的话含在口中一直未说出，却没有让任何一个人知道这些，包括霞？我们都太羞怯，习惯了内敛我们的感情。

前些日子，和大学室友聊天，忆及这些往事，终于可以云淡风轻地说出，袜子上的两个破洞，不用藏着掖着羞愧了，我甚至浅笑着，好像说的是别人的故事。说到霞的时候，说到那句“真希望你是我妹妹”的那一瞬间，我的眼睛还是忍不住一阵潮湿。

好友却引用了泰戈尔的一句诗来评价：“世界以痛吻我，我要报之以歌。”我又一次羞涩地笑了。

/ 无法抵达

我想不起我小时候的生活，只有一些瞬间，凝固在我的脑海里。它们无头无尾，像断线的风筝，一直在记忆的天空飘呀飘。我无法把它们扯下来，定睛看个究竟。我只好听凭长辈絮絮叨叨，小心地拼凑自己的童年。有一段记忆却横空出世，像彩虹一样闪亮。

那是我很小的时候，母亲带了我和弟弟，换了好几辆车，去外婆家。一路看到的，除了新鲜，还是新鲜。从我们的家到外婆家，实际距离并不太远。等我读了书，查看地图后惊觉，同在浙北，两地地图上的直线距离才短短一厘米，但在我年幼的心灵，外婆家是个在远方的老家。

湖州的某个古镇，我的外婆家。记得不到十岁的我玩疯了。外婆慈眉善目，从不呵斥我们，在贫寒的生活里，她总是千方百计给我们弄吃的，唯恐亏待了我们。因着外婆的宠爱，严厉的母亲也收敛了她的威严。我记得外婆家建在一块坡地上，屋外，下十多级石阶，就见一个水潭，清澈的溪流整日潺潺流淌入潭。水潭不大，也就两三张吃饭桌大小，但在我年幼的记忆里，那真是童年的乐园。夏天，围着水潭种了大半圈向日葵，我很多次地回想，是因为当时年纪小，还是记忆欺骗了我，为什么我再也没有见过那样饱满硕大的向日葵了？外婆为我们准备的吃食里，就有她亲手炒的葵花籽，那个香啊，混杂了阳光和植株的清香，好像刚离开葵花没多久，就变成了我们在咯咯咯地嗑着的葵花籽了。

孩童时候，我对于植物似乎不太敏感，更关注那些活蹦乱跳的小动物。我记得我们几个表兄弟姐妹，把溪流上游的水用稻草石块泥土改了道，等潭几乎流尽了水，我们几个争先恐后，赤脚下去抓泥鳅。也许因为小的缘故，三五个人挤在潭里并不觉得拥挤。我们把自己弄成泥小鬼，主要是抓泥鳅抓小鱼，顺带把泥水甩到他人身上，最后都搞不清是有意还是无意，小小的收获，却让我们快乐了很久。嬉戏完毕，水道改回，小脚小手在清清的溪水里洗，看到水面撒满金色的阳光，手掬一把水，用力一扬，好看的水柱闪着迷人的光芒。

我们去外婆家的次数其实并不多，一是因为母亲在医院工作，请假不方便；二呢，也因为我们陆续都上了小学，还有经济方面的考虑。即使后来我稍大一些到外婆家，也再没有找回当年的快乐。回想起来，从我最后一次去外婆家，至今已经二十多年了。不能忘记的是，上了学之后，每次写作文，如果没有别的好素材，我总写那次抓泥鳅，那些美丽的向日葵。我小时候的世界很狭小，读的书，小一点时候是《儿童文学》，稍大一点是《少年文艺》，我始终都没有问一句：外婆外公，你们的外婆外公家在哪里呀？想必年少的我驽钝得可以。直到初中的某节音乐课，听音乐老师在那里深情地唱《橄榄树》：“不要问我从哪里来，我的故乡在远方，为什么流浪，流浪远方……”我突然醒过来，回到家，我问母亲：外婆的外婆家在哪里？可见我有时驽钝有时纤敏。

母亲好像很惊讶，她看着我，说，你外婆家世代都住安吉，你外公老家在安徽绩溪。然后淡淡地补充一句，我也没有去过。对于远方的故乡，对于一个叫绩溪的地名，我生出很多念想来。有很多年，我都有一个梦想，期望自己能够抵达，那是我外公的老家。但很多念想总是会被这样那样的要紧事耽搁，外婆走了二十多年了，十多年前外公也驾鹤西去，而那个念想像扎了根，一直在默默生长。三年前，我一个人到安徽自由行，突然心有所动，辗转去了绩溪，终于遂了心愿。那年正好是我外公冥寿一百岁。

看似简单的“绩溪”二字，如果没有一丁点儿线索，我无疑是大海捞针。母亲曾经回忆说，十来年前，绩溪的老亲来过一封信，信是寄给富阳新登的五外公的。五外公是当时我外公唯一健在的亲兄弟。信里提到，老家的房子年份久了，也没有人住，问谁去继承了。母亲是外公的长女，外公外婆都不在了，自然问我母亲。母亲是大气的人，回答说，风吹雨打的，怕也快倒了，谁要给谁去，反正她不要。母亲的三个妹妹是断然不能告诉的，她们经商久了，眼里只有钱，哪怕为了一点破屋，都可以吵个三天三夜。我问，后来怎样了呢？母亲说，不知道啊。

那次我心血来潮，终于踏上老老家的土地，开始了我的寻根之旅。

当我辗转着从K67次车上下来，第一次踏上绩溪这片土地时，我有生以来难得地感觉到我与绩溪之间的感应！这是我老老家的土地啊，我的心跳有点加快，见这青山，熟悉，见这道路，似曾相识，见这一张张陌生的面孔，也有说不明的亲切！正是傍晚时候，我背着行囊走在路上，好似我的灵魂曾经来过，看彩霞满天，看远山蜿蜒，看房屋素朴，白墙黛瓦。出站，左拐，一直前行，见一面店，想起中饭还没有吃，就进了店。只有一中年女子在守店，很简陋的布置，但吸引我眼球的是一口直径约一米的大铁锅，锅里是煮好的笋干丝，腾腾地冒着热气，想象那笋干该是外婆家值得回忆的味！于是点了一碗笋干面。老板娘很快就端上了一大碗面条，也许是饿了，我感觉有说不出的好吃，真的有当年外婆做的面条的味道！吃着，我的眼睛里不禁有点湿。倘若我外公还在，那年正好一百岁。外公三岁那年，全家迁到浙江，从此再没有回绩溪过。这绩溪，也是我外婆从未来过的地方，更不要说母亲她们姐妹了，但“绩溪”这个地名，在我的生命里活了四十多年，在外公外婆的口里滚动了一辈子。记得梁实秋先生在《胡适先生二三事》一文中这样写：“胡先生是安徽徽州绩溪县人，他对于他的乡土念念不忘，常告诉我们他的家乡的情形。徽州是个闭塞的地方，四面皆山，地瘠民贫，山地多种茶。每逢收茶季节，茶商经由水路从金华到杭州再到上海求售……”对乡土念念不忘，看来是绩溪人的传统，连我这样一个外人都把“绩溪”挂怀，由此可见一斑了吧？我无法把远去的外公唤醒，问一声，当年我家可是经由水路从金华到杭州的？曾徒步过著名的徽杭古道，知道有些路段，山势险峻，怪石嵯峨，当年多少绩溪人肩挑背扛地行走在古道上，艰难地走出徽州。绩溪，那些山石上一定还有我的祖辈留下的足迹。故乡是什么？故乡是祖先流浪的最后一站，是你生命中与你血脉相连无法分割的一部分。

那个音是“里泽”的地方，我问了不下二十个说绩溪话的人，其中有六十多岁的老人，有口才一流的当地导游，还有端着饭碗在自家门口吃饭的热心的大姐大嫂，但没有一个人能说清里泽的具体位置，几乎所有的人都告诉我，这个地名很熟悉啊。有一个面容清瘦的老者，在我去龙川景区的车上正巧坐我旁边，我又向他打听。他告诉我，在绩溪话里，里泽就是里面的意思，也就是说，在山里呢。他还指着龙川对我说，这块地，也叫里泽呢！也有老乡好奇，问我哪里的。我老实回答，我老家绩溪的呀，一百年前，我外公在这里。

绩溪地方不大，那次寻根，我玩了龙川风景区，真正帝王风水，胡氏宗祠值得一去；我还玩了鄣山大峡谷，人称华东最美的峡谷，“水墨大鄣山，神奇伟人谷”，这广告语不错，风景目前还算原生态；胡雪岩纪念馆，我也到此一游。边游边问我那个叫里泽的故乡。里泽，想来也传遍了县城，却无一人知晓它真正的所在。曾经在叫水村的地方等乡村中巴，管小店的一个女子告诉我说，边上开大酒店的老板娘，她的娘家就在里泽。我一阵激动，忙要去找那老板娘。后来再一细问，才知不是。还听到一路人告诉我，从这翻过山就是里泽，要走去才能到，没有车直达，若坐车，得经过县城绕道。我抬头望那高峻的山，心里的豪情去了大半。后来又知道，也是路人听岔了。也到书店翻看地图，恰巧有刚出的绩溪地图，但找遍了密密麻麻的小村小镇，仍未见到那个叫里泽的地方。

那次寻根，我虽然没能把自己的双脚踩到名叫里泽的土地上，亲眼见到属于我祖辈的百年老屋，但我仍时时处处能感觉这片土地对我的关照：恰逢五一放假，绩溪宾馆房价飞涨，平时一晚上一两百的，那天没有四百拿不下来，我却顺利找到一家安全又卫生且二十四小时有热水、能上网的宾馆，房价才收我一百三十元；入住那晚，下了一夜的雨，早上我出门，雨停了，很好的阴天，薄云，空气是清甜的，很适合出游；我等不到那乡村中巴，还搭了风景区叫不出名字的两个人的顺风车；游程顺利，问路什么的遇见的都是良善……也许是我外公外婆在天上保佑我吧！

绩溪，里泽，应了那句话：到不了的远方，叫故乡。

回杭之后，我在电话里向母亲细说经过，母亲很讶异，说，怎么会找不到呢？要不要找你五外公再问问？那是三年前的事了。想来那封信若还在也成了古董，十之八九早成了灰，五外公我一面都没有见过，也已做了古。安徽绩溪里泽，依然是一个让我魂牵梦绕的名字。每当我听那首《橄榄树》，我的故乡在远方，我的思绪还会飞回那个叫绩溪的地方。将来的某一天，我的心终将抵达，我的故乡。

/ 玉佩

我属猴，2016年是我本命年。

八十岁的母亲用红线系了一块老玉，挂在我的脖颈上，说是可以消灾免祸。在民间，确有本命年是坎儿年的说法。我手轻抚着玉佩，听母亲讲我经历的每个猴年的件件桩桩。

1969年1月，未到除夕，仍是猴年。父母下放农村，大雪天，母亲难产，被救护车送到省妇幼保健医院，医生全力抢救，才保母女平安。母亲现在的叙述已经变得平静，但仍用了“九死一生”“惊心动魄”两个成语。我年轻时曾笑过母亲乱用成语。母亲反驳，两条命啊，不是惊心动魄又是什么。

迈过了这个坎儿，一眨眼到了1980年，猴年。我小学毕业，中学就在小学的对岸，划到对岸的船桨是钱，而学费书费让人发愁。

暑假，酷热，十二岁的我靠卖棒冰赚学费。棒冰有两种，一种赤豆棒冰，一种白糖棒冰，已经记不清哪种四分钱一根，哪种五分钱一根了，只记得，每时每刻空气都热烘烘的，仿佛划一根火柴就能点着。

每个早晨，母亲背着木箱子到批发站批发了棒冰，赶在上班前背到街边的大树下。弟弟常过来陪我，我们用小木块敲着棒冰箱子，眼巴巴看着每一个路过的人，只要对方有一点要买的意思，我们的眼睛里都闪着光，那时巴不得天气热些，再热些，而箱子里用小棉被裹着的棒冰，可千万不要化了。太阳它有脚啊，它一走，我们姐弟俩就相帮着挪棒冰箱，挤到树荫下。一个多月的日晒煎熬，换来了我初一的学费书费。

如果说本命年是一个坎儿，怎么才能迈过去？去面对，努力做。这是我年少时的心得，后来渐渐变成了我的人生信条。

时光飞逝，中学毕业，大学四年，工作一年半，1992年来了，又是猴年。我早已成年，对家庭有着付出的责任。因工作地离家远，不用母亲絮叨，我也记得那时的难。

在一个举目无亲的城市，勤勉工作，用心恋爱，过简单而安静的日子。生活的波澜来自男友的父亲，他积劳成疾，生了一场大病，病魔和我们抢夺这个家里的顶梁柱。这一年，男友也是本命年。男友是独子，特别孝顺，多次请假回老家，父亲住院他通宵陪护，背着父亲走医院的楼梯，跑上跑下，说着自己也不太相信的宽慰的话，看各式人的冷眼。更难的是内心的苦痛，无力挽救亲人生命的无奈，能做的就是借钱。那时一月工资才一百多元，我们竟然向单位借债四千元，想挽救父亲的生命，但病魔太狰狞了，第二年，这个不到六十岁的亲人，离开了我们。

那个猴年，我们节衣缩食地还债，日子过得捉襟见肘。本命年的坎儿，我们在借钱、还债、有限的陪伴和无限的忧思中度过。这个世界的有些事我们左右不了，但不能放弃努力，至少能少些“子欲养而亲不待”的遗憾。

时间是如此公平，不管尘世如何，无论个人遭际怎样，光阴的流水总是这样不急不缓地向前。结婚，生子，大调动，再次调动，终于安定下来。新的世纪，新的人生。2004年，我不知道什么样的坎儿等着我。

我一到新学校，领导就交给我一个乱班。我还记得我和五十个学生初次见面的情景，闹哄哄的教室一下安静了，冷漠的眼光，不合作的架势，我三分钟的演说，纯粹是一个人的独角戏。我认定这是我本命年躲不掉的坎儿，但我不服输，不放弃。攻坚战开始了，除了做好异常艰难的常规工作，攻心战是我的策略，有什么可以说服那些不懂事的十六岁孩子的心？我想，唯有爱。我像西西弗一样，每天奋力把石头往山上推，然后眼看着山石滚落下来，打起精神，继续往上推，周而复始。我推动的不是石头，是一个个孩子的生命，我付出自己全部的时间，唤醒他们的自尊，督促他们和坏习惯斗争，包容他们言行的反反复复，把他们冰冷的心焐热。

时间过得真慢，半个学期，三个月，一个学期，终于，班级面貌为之一新。当我身心俱疲地看着他们顺利升到高二，背转身，眼泪却夺眶而出，半年的辛劳，一百多个日夜的陪伴，辛苦、委屈、自我说服、自我激励，我终于领着这个班，迎来了崭新的一页。

人生的得失总是平衡。我把时间给了我的班级，给了我很难管教的学生，分身乏术，自然冷落了家人，当我问上小学的孩子，新换的数学老师怎样时，他竟然回答我，妈妈比老师凶。我问自己，五十个别人家的孩子和一个自家的孩子，如果只能选择其一，我还会这样选择吗？答案还是这样肯定。每个人来到这个世界，都带着天命，当我在我的本命年遇到他们，岂有退缩的道理？

所有的不顺、挫折、磨难，都是化了妆的幸福。

2016年，又一个本命年来了，心稍微有些惴惴的，不知有怎样的坎儿等着我，但我想，没有什么过不去的，既然已经被抛入生命的旅程，只有向前，努力做，坚持住，便是圆满，还有什么坎儿能奈何一颗善良而坚定的心呢？何况，信念一直在，亲人的信任从未失去。

我轻抚红线系着的玉佩，心安定了，相信明年的这个时候，我还能温柔地对自己说，岁月从容，简静安详。

/ 孝丰往事

浙北孝丰，曾名丰城，1800年前建镇，出过名人吴昌硕，现在以孝文化园闻名。我对孝丰的记忆，与外婆外公、母亲的念叨、我的童年息息相关。

外婆若健在，该是一百多岁的老人了。在我的脑海里，外婆总是病歪歪靠在床上的模样。外婆慈眉善目，胆小，心善，寡言。小时候，我和弟弟心切切地到外婆家，总是在离家老远的地方就看到外婆在屋门口搭着凉棚张望。母亲说，你们外婆，肯定是接到信就开始望了呢。

外婆一向俭省，在物质匮乏的年月，外婆外公要拉扯大四个女儿，外公又是大咧咧度日的人，没有外婆精打细算，只怕家用难以为继。母亲是大女儿，但下放农村，经济困难。每次母亲带我和弟弟去外婆家，舟车劳顿，加之我又晕车，路上都像死了一回似的。一进外婆家，外婆总是笑着看我们姐弟俩，说着长高了之类的话，还会在人少时，带我们去她的卧室，打开床头柜，从最里面翻出包装严密的盒装点心，可能是一点糕饼，然后看着我们吃，笑眯眯的。她的点心一般都是亲友探望她时送的，她总舍不得吃，留着给孙辈。

外公天性散淡，话不多，爱喝酒，喜欢玩牌。四个女儿若谁偷偷给了他一点钱，他一转身就没影了，过小半日，就见外公喝得满面红光地从街上走回家来。外公待在家时间不多，要么在镇上喝酒，要么在老友家玩牌，更多的时候，外公一个人在田野里放鹅。孝丰镇不大，边上都是田，外公放鹅是镇上一景。只见一个老人，着素净的布衣布裤，头发理得极短，手拿一根细细的竹竿，口里说着众人听不懂的拟声词，赶着他的几只鹅。鹅毛色纯白，在田埂上吃草，也会到没种庄稼的田里嬉戏，踱着步子，见着旁人，会伸长了脖子，昂昂昂地叫。外公和白鹅在一起的时光，总是寂静安详的。小时候的我，很多次看着远方外公的身影出神，那几只白鹅像散在田野里的小团云朵，外公是沉默的放牧者。外公可以很长时间不说话，也许他一个人在田野的时候已经尽情说完了，那些白鹅听懂了。

我最后一次见到外婆外公，是我读大一的那年寒假。外婆七十多岁了，气急病到了冬天格外厉害，她已经卧床很久了。那段时间，孝丰有一种信耶稣的风气，外婆也信了教，对于不识字的她来说，厚厚的《圣经》绝对是一部天书，那里面写着平安康健的讯息，所以每次餐前外婆都会虔诚祷告。只要有孙辈到她床头，她总不忘叫上他们，给她讲一段圣经。表弟表姐他们，已经在外婆不在的场合，把这事当笑话说过很多回，外婆的圣经故事，他们早就讲厌了，所以到外婆床头探望，常常是身体到一下，没等到外婆开口，已经把要说的话叽里呱啦说完，然后转身走开了。外婆一辈子没求过人，到了晚年，更是矜持，心思纤敏的她看出了孙辈的想法，也不说穿，就微微笑着听完，绝不开口求他们讲圣经。

我是一年也不见得来一回的。那年年夜饭之后，大人们都在客堂里忙乎，几个边聊家常边收拾好了碗筷，准备做年初一吃的汤团，揉粉的揉粉，剁馅的剁馅。我一个人去了外婆的卧室。外婆问，吃过了？又问，吃了哪些菜啊？肉圆有没有吃？肉圆一定要吃的，吃了团团圆圆。我温柔地看着外婆这个老人，她脸上沟壑重重，目光依旧那样慈祥，想到当年站在家门口手搭凉棚张望的外婆，当年佝偻着背从床头柜给我找点心的外婆，此刻油灯将耗尽，我的心酸酸的。只见外婆笑得很吃力，出气很急，好像一不小心就会断似的。外婆见我不走，就指指床边的《圣经》，温和地说，读我听听？完全是商量的口气。我正愁没话说没事做，就高兴地打开，问外婆，读哪里啊？外婆

围着水潭种了大半圈向日葵，我再也没有见过那样饱满硕大的向日葵了

说，都可以。我随手翻到一页，开始用心朗读，字正腔圆的普通话，对于一个中文系大一的学生来说，不是什么难事。陌生的内容，但文字是有情感的，智者的传达又是那样深情，我不知不觉进入圣经讲述的世界，为了语流的流畅，我都没空瞄一眼外婆的反应，卧室里静悄悄的，屋外偶有别人家的鞭炮声。读完一页，我看一眼外婆，好像等表扬的小学生。外婆笑吟吟地看着我，有些不好意思的样子，说，我一句都没听懂。我一惊，忘记了外婆不识字，而且压根儿听不懂普通话。我略微有些失落，马上对外婆说，我用孝丰话讲给你听。老实说，我不会孝丰话，当我用自己的方言，夹杂着普通话，带一点孝丰的腔调，外加用手比画，磕磕绊绊讲圣经故事的时候，外婆笑了，满脸的褶子。我也笑了，我不知道外婆是不是真的听懂了，反正我记得外婆哦了一声。我这样卖力地辛苦，想必外婆懂我了，她一生都不麻烦别人，连亲人都不例外。

第二年的春节，外婆走了。那之后的近三十年，我再也没有为谁读过《圣经》。又过了几年，外公也去了。那田野牧鹅的一幕，成为我记忆里永远不可再现的风景。

外婆外公的葬礼，我没有到场。母亲一接到电报就请了假，强忍着眼泪去奔丧。孝丰是母亲的故乡，生于兹长于兹，一直到十八岁外出求学工作。作为长女，母亲被家里当作男孩养，从不弄缝补编织类的活儿，放了学要做的事是上山砍柴，天擦黑了，才背了沉沉的一捆柴下山。有一回，从山上滚了下来，脸都戳破了，都是血，抹一把，回家。年已八旬的母亲有时和我讲述这一幕。八十年了，母亲仍乡音未改。

前段时间，和母亲闲聊，说到我的一个年轻同事，安吉递铺人，她评论孝丰人，小气，奸诈，还说她接触过的几个孝丰人都是如此云云。我当时也就那么一听，说给母亲听也属于没心没肺，不料母亲的脸唰地一下就放下了，恨恨地说，孝丰自古出孝子，递铺人才当奸臣！我吓一跳，半个多世纪前安吉县和孝丰县合并，县城在安吉递铺。孝丰出孝子，我是知道的，地名就是这个来历，据说像二十四孝中的孟宗哭竹冬出笋、郭巨埋儿为奉母等故事，都和孝丰有关，而递铺出奸臣我倒闻所未闻，母亲当时的气愤可以想见。后来回想有关母亲的往事，理解了母亲，她对家庭的责任，好些体现在“孝”上。

从母亲下放的村子到孝丰，一路顺利的话，坐车也要整一天。后来母亲调回了嘉兴小镇，到孝丰更是要多次转车，先坐船，再坐火车到杭州，转公交车从火车站到汽车站，排长队买到孝丰的车票，过年时常常买不到票，运气好，能买到到孝丰的末班汽车票。记得有一回，母亲问到了退票，全靠她的孝丰口音。

印象中每一次去外婆家，都是浩大的工程，多次转车不说，母亲一个女子，还要肩背两个大包，两手各拉一个年幼的孩子，穿行在拥挤的人流里。母亲背包的方法有些特别，用一根较粗的带子，连接两个大包的提手，然后把包一前一后勒在肩膀上，方便腾出手照顾孩子，以防小孩被人群冲散。现在看到春运的场景，我常常回想当年的一幕幕，不胜唏嘘感慨。

一路颠簸，终于坐上了去孝丰的汽车。我素来晕车，母亲根本没时间休息，心思都在照顾我上头，给我擦清凉油，用废纸帮我接呕吐物，安慰着我看前方风景，有时说闲话分散我注意力。弟弟小，爱闹，母亲又不忘安抚好他。最惊心动魄的是过幽岭。从杭州到孝丰，大约半个小时是在山腰开，道路不宽，车头微微向上，一下扭转，猛一下扭转，路还不平，时不时颠一下。小心看窗外，幽岭深谷，车就在毛竹梢上开，一不留神就会摔下山崖。那时全车的人都敛声屏气，连爱吵闹的我的弟弟，也一动不动，看着窗外发呆。有一次看到摔下山崖的一辆车，挂在半山腰，门窗等七零八落散落着，让人倒抽一口冷气，丝毫不敢动，唯恐失去平衡，也落个那辆车的下场。

到孝丰外婆家的时光，在当时的我看来，其实没有多大趣味。过年，寒假短，母亲的年休假更短，我路上总晕车，缓醒过来没几日，又要经历一次晕车，辗转着回小镇，当时很不明白母亲为何还要这样归心似箭。每次去外婆家，对于母亲而言，都是不小的负担，除了体力，更是精神上、经济上的。父母长期不和，到了外婆家，这是一个绕不开的话题。这一路三个人的花销，对母亲微薄的工资收入而言，是一笔不小的开支。倘若不能买到当日车票，要在杭州过夜，开销更大。

到了外婆家，其实也不做什么，多数时候烘着火堆说话，有一句没一句的，我看没有要紧事。孝丰在山里，比平原要冷些，见到屋檐下挂着的冰凌，足有一尺长。但屋子太高，打冰凌根本够不着，冬天吃棒冰一直是一种想象。外婆家的老屋，建在坡地上，用石块砌成一人多高的地基，得走很长一段坡才能进家门。屋子漏风，四面墙并不砌实，石墙和屋顶之间，用竹编挡风雨，冬天冷风呼呼往里刮。当时想不明白母亲几百里辛苦奔走的意义，也许就图个团聚，尽点孝心，让外婆外公亲眼看到活生生的我们，心里踏实放心。

母亲探亲假少得可怜，平时她除了病倒，几乎不休，就把假期攒起来换钱，虽然不值几个钱，总聊胜于无。而对外婆外公，母亲总千方百计照顾到。一路上背着的两个包，除了我们三人的换洗衣服，就是给外婆外公的礼物，不是吃的就是穿的用的。记得有一年，母亲把全家的布票都节省下来，还问别人借了些，给外公做了一件棉大衣。我们的身上衣服，总是补丁加补丁，但每年过年，若要去外婆家，母亲总想办法，让我们穿得体面一些，她怕外婆难过。外公穿上那件棉大衣，很高兴，烘火时也不脱，结果被烟蒂烫到了，留下小手指粗的一个黑窟窿，被外婆埋怨了多次。外公不说话，可以看出他也心疼。

外婆外公离世，想必当时母亲是很悲痛的，但我那时年轻，丝毫不懂得，等到前几年我的父亲过世，再去回想当年母亲失去亲人的苦痛，忍不住泪水涟涟，我终于明白了当年母亲的话。年少的我曾问过母亲，我们自己都没得穿没得吃，为什么还要给外婆外公呀？母亲告诉我说，外婆外公他们，比我们先老，如果不抓紧，等我们有条件了，也许他们就等不到了。待我读书，读到这句“子欲养而亲不待”，霎时都懂了。

我小时候喜欢暑假去外婆家，那时的外婆家是我的乐园。晕车的痛苦很快过去，也不怕夏日的毒日头，就和几个表兄弟姐妹到门前的水潭嬉戏。我们玩得忘乎所以，根本不记得外婆的存在，只有我们玩闹得过头了，才会听到家门口外婆的声音，如“别伤到人”之类。待我们转身回家，总是看到外婆第一个在家门口迎接，手里还有新鲜的向日葵籽。

我已经二十多年没有回孝丰了，有时会梦到这样的一幕：一个家，一段斜坡，一个水潭，半圈向日葵，一群孩子，无忧的童年，画外音是外婆的声音……醒来分不清是现实还是梦境，很想再回去，一头扎进那段时光。

手捧沉甸甸的《圣经》，读给外婆听，那是我和外婆的孝丰往事。

小小的我，远远看着外公田野牧鹅，那是我和外公的孝丰往事。

坐船，转车，拥挤，翻越幽岭，历经艰难回家，那是属于母亲的孝丰往事。

水潭抓泥鳅，嗑新鲜葵花籽儿，是我童年的孝丰往事。

一页页翻过去，我分明听到岁月的流水声，在我的生命里不停地回响。

辑二 沉醉

天生就这样傲慢，而谦逊是通过后天的学习浸染改变得来的。所以，理解木心了吧，理解一切傲慢者的作为了吧。这是他们真实的样子，看不惯只是自我折磨，于事无补。

/ 唤醒沉睡的阅读

假期，理书，把东一堆西一堆的书，一直垒到碰着天花板。

翻出几本我学生时代的读书笔记，好奇，一页页翻了，重逢竟像初见，惊喜滚滚而来，是笔记把沉睡的阅读唤醒。

我看过伯特兰·罗素的《西方的智慧》吗？八页密密麻麻的笔记告诉我，当年我认真地读过。罗素说学习，讲到苏格拉底、柏拉图、亚里士多德，第130页说“学习并不是一个发布知识的过程”，第131页写“教育就是在教师的教导下学会自主思考”，在第225页，他写道：“伊壁鸠鲁的学说的中心目标就是去获得某种不受干扰的安宁状态”——那个认为首善即快乐的伊壁鸠鲁。我都快要忘记伊壁鸠鲁这个名字了。这书应该很厚，在第507页，说到了拜伦，“最著名的浪漫主义者可能算是拜伦。在这里，我们发现了合成彻底浪漫主义的全部要素：叛逆、反抗、藐视陈规、不顾后果以及高贵行为”。爱因斯坦说：“阅读罗素的作品，是我一生中最快乐的时光之一。”当年我一定也这样快乐过，用八页笔记为证。

我年轻时酷爱诗歌，买不到某本诗集，会用一个笔记本，用蓝黑墨水的钢笔，兢兢业业地借书来抄，沉醉而不知疲倦。从经济角度讲，费时又费钱，但其中饱满的乐趣，是过了青春再也无法体会的。《世界名诗选译》，十三页摘记。黎萨、拉马丁、缪塞、李尔、波德莱尔、魏尔伦等诗人和他们的诗句，有的隔着时光，译名也已不同，但他们和诗作都活在我青春的记忆里。《中国当代实验诗选》《当代大学生抒情诗》《台港爱情诗选》《校园诗人诗选》《朦胧诗新生代诗百首点评》等，当年我和多少诗歌相拥，记不得了，但这一页页笔记在无声地告诉自己，我是这样成长的。

我1988年10月8日的笔记，证明我读过劳伦斯的《儿子与情人》。我1990年5月14日的笔记，证明我还读了他的《虹》，所有的情节了无记忆，连读过这样的事实都会自我怀疑，但白纸黑字，我无法否定。我读外国经典，读福克纳的《喧哗和骚动》，读司汤达的《巴马修道院》，读艾特玛托夫的《断头台》，读哈代的《还乡》……我也读那些所谓杂书，如饥似渴地接近我想知道的陌生——读苏曼殊；读《佛学的革命》，十页笔记记录了我当时的心动；读美国学者李普士的《禅的故事》；也读意大利奥里亚娜·法拉奇的《人》，独立成行的一句“幸福在于不顾一切”，今日读来仍让我怦然心动。

阅读是我青春重要的一部分。每个人都只有一辈子，但因为阅读，增加了生命的厚度、深度和广度。记得以前学生时代放暑假，最快乐的莫过于有一本书在手里。曾经有很多年，每个暑假都要读一遍《红楼梦》，大多囫囵吞枣，碰到大段的服饰描写就跳跃着读，待到第二年再读此段，不禁莞尔，丝毫不觉枯涩，细细研读，竟也妙不可言，时不时恍然大悟：“原来是这样的呀”……诸多笔记，因多次搬家不见了踪影，很是遗憾。印象深刻的，有一年暑假曾专心读马尔克斯的《百年孤独》，记得大热天居然看得汗毛直竖，这是书的神奇，也是阅读的魅力。

有多少书陪伴我度过了浮躁的青春，而现在我都已将它们忘记？若没有笔记提醒，我忘记了我曾有过这么多幸福的光阴，但我又相信，它们一直都活着，在我的生命里喘气，多少的沧海桑田也抹不去它们的印迹，它们活在我的潜意识里，活在我今后的生活与思想里。

感谢岁月，感谢悦读，感谢一页页蓝黑墨水的笔记，将我沉睡的阅读唤醒。

/ 谜样的小说

毛姆的小说，历来为人称道，这次读他的《月亮和六便士》，同样引发我思想的喧嚣，像跟着作者潜入神秘的深海，掩住怦然的心跳，前去探索一个谜一样的远方。

小说的题目是一个谜。一般人这样理解：六便士是英国价值最低的银币，代表现实与卑微，而月亮则象征了崇高，月亮和六便士就象征理想与现实。翻译家傅惟慈先生在译本序中提到一个鲜为人知的解释，“终日仰慕月亮，却没有看到脚下的六便士银币”。翻译家苏福忠则认为，小说题目传达给读者的信息应该是，月亮重要，六便士也重要。本小说完稿于1919年，毛姆也于1965年辞世，不可能追问他题目的含义，或许这也是毛姆惯常的幽默表达的一部分，“这本小说的书名带有开玩笑的意味”。

小说有着谜一样的故事情节。主人公思特里克兰德，原是英国一个证券经纪人，生活好端端的，却“被魔鬼附了体”突然弃家出走，流言盛传他是被某个年轻女子勾走了。“我”受托寻找思特里克兰德，发现绝不是流言所传的那样。思特里克兰德是响应内心的呼唤，决意摆脱家庭的缧绁，改行一心学画画，可是画卖不出去，穷困潦倒，得到了画家斯特罗伊夫的帮助，结果思特里克兰德把恩人的妻子拐走了。后来他离开文明世界，到了南太平洋的塔希提岛上，隐居莽林，与土著人一起生活，疯狂作画，得了麻风病仍作画不息，去世不到十年，画作走红。在思特里克兰德身上，能看到他超越平凡生活的勇气，过程曲折，却始终不动摇，至死不回头，执着向前。毛姆在结局里写：“我觉得思特里克兰德一直把他的秘密带进了坟墓”，是啊，思特里克兰德执着超越的动力是什么？思特里克兰德的现实选择太匪夷所思了。

有人把小说流行的原因归结于读者对画家生活的好奇，何况《月亮和六便士》中的画家思特里克兰德的生活原型是法国后期印象派大师保罗·高更。只要高更的作品有生命力，那么毛姆的这部以高更为原型创作的小说就能吸引人的眼球。我想，这只是其中一个原因，更重要的是，小说借思特里克兰德的人生选择传达出的理念：一是真实，过忠实于内心的生活；二是超越平凡的生活，努力不懈，至死不悔。

在这部小说中，好些笔墨写思特里克兰德作画。美无疑是画的同义词。有细心的研究者发现，小说对画家有众多褒奖之语，但“美”字一次都没有出现。我带着这个疑问，重读小说，果真如此。可以这样说，毛姆对他笔下的人物是肯定的，甚至不惜为了肯定他而否定芸芸众生。那么，不写美要写什么呢？真实，一个人生活的真实。纵观全书，思特里克兰德的整个生活是那样千疮百孔，他出场时“略显笨拙”，他弃家到巴黎，忍受贫穷和饥饿的煎熬，忍受着精神的折磨，穷困潦倒是真实的；他之前一定知道会有这样的结果，却义无反顾，反映的是心理的真实。这种真实体现在行为和思想的一致，不在意旁人的眼光，忠于自己的内心，否则会出现自身行为和思想的分裂，痛苦会如影随形。从这个角度说，追求忠于内心的真实，比表现美来得更重要。如果一个画家和他作品的存在，既是真的，也是美的，自然再好不过，但事实总是难以尽如人意。当美难以达成时，毛姆选择用“真”来打动人，事实证明，没有了真的美，未必还有这样打动人心的魅力。

毛姆这部小说的动人，除了在于写活了一个真实的画家，更在于在思特里克兰德身上寄寓了不食人间烟火的生活理想。从时代背景看，那时一战已结束，文艺上现代派的探索成为主流追求，也得到不少肯定评价，很多人的价值观需要重建，生活重新陷入平凡。思特里克兰德的存在，帮人们找寻到了一种超越平凡的方式，使现实生活的诸多不如意有了颠覆的可能。我不愿意简单地理解，思特里克兰德的选择是逃避现实。如果一定要定义为逃避的话，我更愿意说他在逃避平庸的生活。思特里克兰德，不是作为画家的成功者，他的魅力在于忠于内心真实的想法，并勇于实践，我行我素，简言之，是一个人率性而活的成功实践者，这对于绝大多数人而言，是想一想都奢侈的事，而在小说中，这样的人生似乎轻而易举就实现了。

作者毛姆本身也是一个超越平凡生活的勇士，他原来学医，后致力写作，他用手中的笔，孜孜探求人生的哲理，客观地审视复杂的人性。他的文字似一把手术刀，冷静，犀利，入木三分，富有自我完善和超然物外的审美趣味，所以笔下才有思特里克兰德这样的追求灵魂生活的典型。

题目是一个谜，故事也像谜一样，但掩卷沉思，会发现，思特里克兰德人生的谜底如此动人，那就是，尊重自己真实的想法，去过一种超越平凡的生活，不仅有勇气想，而且有勇气做。

/ 芸娘何其幸也

读清代沈复（字三白）的《浮生六记》，诸感激荡于胸，不吐不快。其中《闺房记乐》和《坎坷记愁》，读而又读，爱不忍释。纵然如此，合书待写，仍觉千头万绪，不知从何下笔，有人将其誉为“小红楼”，实不为过。

选感受最深一点来写，则不过是身为女子的一声叹：芸娘何其幸也！

对此，读过《浮生六记》的人定大惑不解，芸娘幼时家贫，十八岁嫁的沈复是寒士，四十一岁便病故，其间有因大家庭不睦而被逐、因被索债而离家的际遇，他们的独子十八岁亡故，芸娘之幸，从何说起？

林语堂曾为书作序，开篇便是“芸，我想，是中国文学中最可爱的女人”，被林大师赞为“可爱”的女子，想来并不多，何况是“最”，还没有“之一”。但“可爱”总归是一个太过笼统的词。这个可爱的女子，姓陈名芸，字淑珍，“学语时，口授《琵琶行》，即能成诵”，年既长，娴女红，母亲弟弟靠其十指供给，真乃聪慧勤劳之人。从未上过一天学，仅凭个人自学，“以《琵琶行》，挨字而认，始识字”，后写出“秋侵人影瘦，霜染菊花肥”这样的诗句，能与丈夫一起谈文论艺，实在聪颖过人，更可喜的是与三白两小无嫌，灵犀相通，清贫中终日做伴，不忘享受“课书论古、品月评花”的快乐时光。可爱在于这个聪慧的女子，多奇思妙想，平常的日子过得富有趣味。案头瓶花不绝，芸娘突发奇想，“画中有草虫一法，盍仿而效之”，于是把螳螂、蝉、蝶之类做成标本，置于花草间，宛然如生。芸娘还自制活动花屏，节俭而不失生活情趣。那回南园对花小饮，也是芸娘雇锅灶，携小罐，设法煎茶煮食，使同游者尽兴而归。试想，芸娘若不是这样冰雪聪明之人，才情横溢洒脱不羁的三白何至于这般一往情深！所以，聪慧是芸娘之一幸。

芸娘二幸，嫁得情投意合之郎君。芸娘与三白，是活在两百多年前的一对平凡的夫妻。难得芸娘是那个时代少有的大胆的女子，三白是那个时代少有的充满真趣的男子，更难得他们相遇，相守，趣味相投，琴瑟和谐。三白为人率真，天性潇洒旷达，靠游幕经商维持生

把螳螂、蝉、蝶之类做成标本，置于花草间，宛然如生

计，时陷困顿，仍能从平淡清苦的生活里找寻到生活的趣味，养花，种草，一石一枝一虫，皆可成别致的艺术品。三白为文，趣味隽永，文辞洁媚。俞平伯曾言“虽有雕琢一样的完美，却不见一点斧凿痕”，窃以为是中肯之言。三白写闺房之乐，坦白而真诚，用语又非常节制，深得“乐而不淫”之旨。他写悲愁坎坷，不改达观，并不怨天尤人。欢喜也好，悲愁也罢，扼住了一个“真”字放开了写，岂有不动人的？浅白之语写浓烈之情，不必抒情，而深情自现。文中记述了这样一件小事。芸娘喜食吴地臭乳腐，此乃三白平生最恶，某次夫妻戏言玩笑间，芸“以箸强塞余口”，从此三白亦喜食。叙事完毕，三白淡淡地以夫妻问答收束，三白说“始恶而终好之，理之不可解也”，芸娘回“情之所钟，虽丑不嫌”。点到为止，再无赘言，细细品咂，回味无穷。芸娘的生活理想是“布衣菜饭，可乐终身”，三白也是这样简单的人，生就浪漫的性情，即使生计窘迫，父母误会，兄弟失和，这对平凡的夫妻依旧琴瑟和谐，心意相通，这是三白之福，又何尝不是芸娘之幸呢！

芸娘是幸运的，三白是幸运的，《浮生六记》是幸运的，中国文学是幸运的。倘若当年没有慧眼识珠的杨引传发现并刊印，《浮生六记》早已灰飞烟灭，能否传给后人，仍是一个未知数。倘若当年三白也和芸芸男子一样，生命都耗费在追逐功名上，视闺房之情为秘而不宜之事，也无浪漫的性情超拔的文笔，我们岂有遇见这书的福气？倘若没有三白和这书，我们谁能得知，两百多年前曾有这样一个女子，这样地度过了一生？四岁失怙，十三岁订婚，十八岁拜天地，四十一岁病逝，其间有伉俪情笃，亦有拂逆艰难，背着翁姑与三白同游太湖，同道万年桥赏月，女扮男装共赴会看“花照”……芸娘一生虽不长，却活得精彩，过的是她所属的那个时代很多女子未曾经历的生活。芸娘已逝，但作为中国文学中的一个典型人物，她将随着文学的绵延而流芳百世。试着翻看卷帙浩繁的文学史书，有几个女性的名字因为丈夫的文笔而流芳？芸娘无疑是幸运的。

换个角度，也可洋洋洒洒写一篇“芸娘何其不幸”。在不幸的时代，个人的有些幸运总显得微小，像一隅之小园，纵然花香草绿，竟日雾霾沉沉，春光终归有限。但，我宁愿相信，芸娘幸运多一点。

/ 发现另一个张爱玲

对于我来说，买书常常出于一种阅读冲动。掏钱之后，像捧着一个十世单传的婴儿，喜滋滋地回家。毕竟是冲动所为，有的书要搁置一两个月甚至两三年，才能断断续续读完。但二十年前出版的《张爱玲散文全编》，我倒实实在在读了不下三遍。

我们见惯了那张张爱玲的标准照，十足的旷世才女相。像张爱玲这样的女子，深知自己不够美，一定会在气质风度上下功夫。看标准照，那样的凄清又卓尔不群，是张爱玲才有的表情和眼神。她的小说给我太深印象，人物鲜明，情节安排平中见奇，词语绚烂辞格奇巧，细腻华美又悲哀，对人生的剖析可谓入木三分，透辟到让人读了也生出人生悲凉的感慨来。我比较害怕这样的犀利，特别是女子的言辞，给人刀子一样的触感，少了温暖和感动。我阅读，感动是首要的，深刻一直在其次。所以，我虽然也读张爱玲小说，但总是远远地欣赏，她是不亲近的，是拒人千里之外的，一感觉到触及心灵的痛，我就马上撤退，决不流连。

张爱玲的散文截然是另一张面孔，我超级喜欢她散文中那种浓厚的市民情趣，那种属于市民特有的丰富的俗美，仿佛一个高高在上的伟大的人物，一直在台上满脸神圣滔滔不绝地做伟大的演讲，一转身，轻声告诉我说，你知道吗，今天菜场的青菜便宜了五毛。难怪有人说，一个作家无论如何善于隐藏自己，他的作品终究要泄出他的身世、思想的“家底”。张爱玲的散文，一改小说一贯不用第一人称叙述的做法，几乎每篇都在写她自己，在你的面前，张爱玲用她那支绮丽的笔描画出一个属于她的琐屑而亲昵的世界。

比如《天才梦》。结尾是大家耳熟能详的句子：“生命是一席华美的袍，爬满了虱子。”前面展现的一个三岁能背唐诗、七岁写第一部小说、九岁决定做个钢琴家、对色彩音符字眼极为敏感的神童，却是一个日常生活近乎白痴的人，用她自己的话说：在现实的社会里，我等于一个废物。难以忘记，她享受微风中的藤椅，欣赏雨夜的霓虹灯，还从双层公共汽车上伸出手摘树巅的绿叶。在这篇的附记里，她还不忘交代，《天才梦》获《西风》杂志征文第13名名誉奖，她为了字数达标，极力压缩了文字，但是第一名长好几倍，张说不是自己斤斤计较，读者却感到字里行间都是不满，看了不禁莞尔。

比如《道路以目》。张爱玲写她前天看到的一个绿衣邮差骑着车，载着一个小老太太，“她两脚悬空，兢兢业业坐着，满脸的心虚，像红木高椅坐着的告帮穷亲戚，迎着风，张嘴微笑，笑得舌头也发了凉。”我能想象张爱玲那时的表情，真喜欢这种人间烟火的味道。结尾处写有一天晚上在落荒的马路上走，听见炒白果的歌：“香又香来糯又糯！”那个十几岁孩子的声音，隔着悠远的时光曼妙地传来，我们和张爱玲，一同聆听。

读她散文我知道，张爱玲看了两场电影《新生》和《渔家女》；张爱玲用第一笔稿费五块钱买了一支小号的丹琪唇膏；张爱玲看见警察打人恨不得眼睛里飞出小刀子；张爱玲发现弄文字的人向来注重人生飞扬的一面而忽视人生安稳的一面，其实后者正是前者的底子；张爱玲一直想去看一次在上海已过时的蹦蹦戏，只是找不到适合的人一同去，感觉自己对这种低级趣味的东西感兴趣都不好意思向人开口……我极喜欢张爱玲一篇并不太出众的散文《炎樱语录》，很朴素的笔法，但平实的表述里满溢着对朋友由衷的欣赏，炎樱的确是个世俗而智慧的女子，充满了市井气，能欣赏炎樱的人是可以做朋友的。

几个月前一冲动，又买了一本张爱玲的散文集《重访边城》，选文有些与全编的一样。写人的几篇倒是没有看过，我很好奇张爱玲会怎么写爱默生，怎么写梭罗，怎么回忆胡适。她写《爱默生的生平和著作》，“他在一八二九年第一次结婚，只记了短短的一行……一八三五年他第二次结婚，也只记了一行。”在平静的流水般的表达里，这是让我讶异的两朵浪花。回忆胡适那篇，写于20世纪60年代，张爱玲像所有老迈的女子一样不厌其烦、叨叨不绝，她写道：她想译《海上花》想到适之先生不在了，“往往一想起来眼睛背后一阵热，眼泪也流不出来”。我想，那张标准照上的张爱玲，头一定不再微微上仰，眼神一定少了淡漠与孤傲，皱纹无情地画在她的脸上，怎么也遮掩不了。这样的张爱玲，仿佛和写《倾城之恋》《金锁记》的不是同一个人，但我真喜欢这种可以靠近的味道。

这本《重访边城》中有一篇《对照记——看老照相簿》，幸存的老照片都在了，有文字有照片，张爱玲就更真实更邻家更亲切，我要细细地看，慢慢地想，真不忍心一气读完它。

/ 读木心

一、木心是谁

> 孙，东吴人士，名璞，字玉山。后用“牧心”，“牧”字太雅也太俗，况且意马心猿，牧不了。做过教师，学生都很好，就是不能使之再好上去：牧己牧人两无成，如能“木”了，倒也罢了。其实是取其笔画少，写起来方便。名字是个符号，最好不含什么意义，否则很累赘，往往成了讽刺。自作多情和自作无情都是可笑的。以后我还想改名。(《鱼丽之宴》第18页)

1984年，木心曾答台湾《联合文学》编者问，那时他被称为“一个文学的鲁滨孙”，已经“以迥然绝尘、拒斥流俗的风格，引起广大读者强烈注目”。人人争问，木心是谁？他向众人介绍自己时，有上述这段话。

孙璞，是木心的本名。至于字，和百度上的说法不一样，百度上说，木心字仰中。也许都是对的，也许木心后来真的改了名。他不是强调，名字是个符号，最好不要有什么意义吗？仰中，这个字，对于一个1982年就定居纽约的华人来说，不想到它的意义是很难的。按照中国取名字的传统，当是玉山，“璞”是未雕琢过的玉石，和“玉山”关联紧密。

做过教师，是木心很重要的人生经历。对于一个画家而言，教学生在绘画上有突破，本就很难，而木心对于艺术的认知和追求，远超过一般人。也许一个艺术家的成功，更需要天资禀赋。但木心把话说得很漂亮，是自己，一个做教师的，没能使他们更好，而不是某些学生的禀赋不够。我这么一想，有外交辞令的嫌疑了。

关于累赘和讽刺。名字，对大多数人而言，是有意义的，但木心希望“最好不含什么意义”，言下之意，他的名字还是有意义的。只是他觉得这样是累赘，解释也是麻烦。“讽刺”二字，木心的话不只是漂亮了，简直是绝妙好辞。“牧”的雅俗，都达到极致，体现的正是木心拒斥流俗的一面，“两无成”应该是“讽刺”的宾语。到底成，还是不成？了解了木心坎坷的经历后再想，字面的意思是经不起推敲的，也许他更想表达，对这个世界他的态度。

多情无情那句，是正宗的木心的腔调，如假包换。不想说这句漂亮，更感觉，一种才气的炫耀。1984年的时候，木心终归不算老。他出生于1927年。

二、诺贝尔奖

> “不知道——只知道三种必然：一、是个地道的中国人。二、作品的译文比原文好。三、现在是中国人着急，要到瑞典人也着急的时候，来了，抛球成亲似的。”（《鱼丽之宴》第44页）

台湾《中国时报》编者问木心：您认为中国作家中，谁最有希望获得诺贝尔奖？木心如上述回答。

那时莫言还没有得诺贝尔文学奖。事后回看关于诺贝尔的这段话，不得不说，木心是个先知，或者说他是设签的奇才，一个签可以做得奇妙莫测，让人读来见仁见智。

先说这个一。什么叫“地道”？读了一点木心的文字后再来想，似乎有些悲观在，这个众人仰望的文学大奖，注定与漂泊在外的木心无缘。他清醒地明白，却不愿，也是不能抱怨、叫屈，像他这样高傲的才子，只能含蓄地表达这份失落。我读到了他渴望被世界认可的那份绝望。

再说二。译文比原文好？有一部分真理，也有一些很明白的酸。对自己这个不够地道的中国人的绝望，同时对某个地道的中国人抱着希望——莫言懂的。原文可以好，更好，这是木心的希望。他这样一个认真的写作者，每天写作十一二小时，并享受写作快乐的人，他曾说“醉心于写作的人，是个抵赖不了的享乐主义者”。木心有时让人觉得言语刻薄，可是骨子里他很善良。

至于三，不说了，木心的真，兼一点玩世不恭的不老实。

同样在这篇里，木心谈到了故乡，很奇怪的回答，和问题似乎风马牛不相及。他说，“边读边回忆少年时在故乡沉醉于‘新生’的那段蒙昧而清纯的岁月，双倍感怀——各有各的佛罗伦萨”。故乡，对于木心这样一个特立独行的人来说，终究也是割不断的，所以，他年迈时回到桐乡乌镇，是注定的。

三、说嫉妒

“在人类的一切情欲中，恐怕要算嫉妒最顽强最持久的了，所以说，嫉妒心是不知道休息的。”（《琼美卡随想录》第19页《休息》）

这段文字出自培根。木心是骄傲的人，才情洋溢，满可以恃才傲物，但当他面对培根对嫉妒的分析，却是由衷地不嫉妒，他说，“关于‘嫉妒’，就这样听他说说，自己想想，大家聊聊，够了——我佩服他，佩服得身心愉快”。骄傲者说出口的佩服，是扎扎实实的服气。对于被佩服的人而言，倘若还在世，可以起身，拍着对方的肩膀，说一句，知己。俗了，该什么也不说，就像一偈中的两句，廓而忘言，天心月圆。

说到别人对自己作品的夸赞，木心引了一段，中间也有“嫉妒”一词，很有意思。那个知名度相当高的作家说木心，“的确有两刷子”，写上海这个城市，“能写得如此够味，读后入迷，连嫉妒也忘了”。

我夸木心的时候，也是连嫉妒也忘了。

四、嗻语

“吴文英的艺术年龄很长，悄悄地绿到现代，珍奇的文学青苔。”

“过多的才华是一种危险的病，害死很多人。差点儿害死李白。”

“如果抽掉杜甫的作品，一部《全唐诗》会不会有塌下来的样子。”

“‘三百篇’中的男和女，我个个都爱，该我回去，他和她向我走来就不可爱了。”

“我去德国考察空气中的音乐成分，结果德国没有空气，只有音乐。”（《琼美卡随想录》第45-54页）

上述话语都出自《嗻语》一文。

吴文英，南宋词人，作品风格密丽奇绝，喜欢他词作的人对其推崇备极，不喜欢的斥其晦涩堆垛。让人联想到当今歌坛的吴莫愁，喜欢的人发烧至极，百听不厌，讨厌她的人用词极其恶毒无以复加。只有木心，可以说得这样漂亮，悄悄地绿，一个新奇的比喻，文学青苔，两者间的相似点呢？他看吴文英的态度无疑是前者。

说李白，为什么说“差点儿”被害死？李白的才华，自不必多解释，才华泛滥到成病成灾，自然是对李白的褒奖。是不是，倘若李白摧眉折腰事权贵了且执迷不悟终生，就真的是被害死了？木心的文字，要用心去猜。所以，读他的文，我速度无法快，思想不够用。

说杜甫，是用了心思的表达，可惜有语病，“有塌下来的”应该搭配“危险”之类的词，或者把“有”改成“是”。白璧微瑕。

说《诗经》，可爱至极，间接抒情的典范。

说德国音乐，语言可以鲜活到不顾及生活常识。是音乐让木心这个全息艺术家醉了说胡话了吧？

五、白马翰如

“任何理想主义，都带有伤感情调。”

“傲慢是天然的，谦逊只在人工。”

“就‘生’而言，‘死’是丑的，活着的人不配议论‘死’的美。”

“有时我会觉得巴尔扎克是彩色的陀思妥耶夫斯基，陀思妥耶夫斯基是黑白的巴尔扎克。”

“自尊，实在是看得起别人的意思。”（《素履之往》第22-32页）

上述话语都出自《白马翰如》一文。

理想主义，是现实的反义词吧？伤感总是难免的，总是沉湎于伤感也是不必的，世界并不会因此好起来。

傲慢与谦逊，木心的诚实，天生就这样傲慢，而谦逊是通过后天的学习浸染改变得来的。所以，理解木心了吧，理解一切傲慢者的作为了吧。这是他们真实的样子，看不惯只是自我折磨，于事无补。

生与死，特别是诗人之死，尤其不配谈。诗人，安息。

彩色与黑白，两个伟大作家。彩色指的是，巴尔扎克作品的丰富性和现实意义？黑白指的是，陀思妥耶夫斯基作品的颓废阴郁格调？要知道，黑白才是最艺术的颜色组合，深邃，神秘，像夜晚和白日的交替。木心的说法有别的深意吗？不能把他叫醒，问一句了。倘若真问了，想必他也是不屑作答的。傲慢是天然的。

自尊，太哲学的命题。首先要看得起自己。

白马翰如，出自《易经》，意思是白马仰头飞驰。文和题什么关系？也许是深刻玄妙到绝大多数人不懂，包括我在内，也许是根本没有关系。

六、乡音邈远

"啥格末事啊，娘我看看叫。"

"好格好格，我也付一半钞票。"

"摆勒侬老兄手里，卖勿到杜价钿格，我来搭侬出货，卖脱子大家对开。快来西格，勿要极。"

"哪能，侬勿相信我呀？"

"上海人从来不会感叹日子腻，张爱玲惯用的词汇中有一个'兴兴隆隆'，乃是江苏浙江地域的口头语。"

"下午三点敲过，'荡马路'是上海生活的著名逍遥游。"(《哥伦比亚的倒影》第120-137页《上海赋》)

读木心写上海的《弄堂风光》《亭子间才情》等，活色生香，真应该读出声音来，用江浙沪杂糅的方言来读，好像时光倒流，木心还是一个翩翩青年才俊，徜徉在外乡的人海里，他看，他听，他思考，他写，他画，他弄音乐，他全心全意地体验生活表达自己。

没太读懂他这一句："我曾是一只做牛做马的闲云野鹤。"为什么是"曾"呢？

七、已凉未寒

"蒙田不事体系，这一点，他比任何人都更其深得我心。"

"轻轻判断是一种快乐，隐隐预见是一种快乐。如果不能歆享这两种快乐，知识便是愁苦。"

"专制独裁的王国中，有了一个伟大的作家，就等于有了两个国王。点到这里可以为止。而索尔仁尼琴不为止。点到这里可以为止。"

"论俗，都俗在骨子里，没有什么表面俗而骨子不俗的。倘若骨子不俗而表面俗，那是雅，可能是大雅了。"

"浓烈的爱必然化为恨，因为否则就是死（否则因为就是死）。"（散文集《即兴判断》第35—43页《已凉未寒》）

体系，是个纷繁芜杂的词。以人为喻。一个人微笑不语，旁人说，他为什么笑？讥笑？嘲笑？不是好人。一个人不笑，面无表情，旁人说，他为什么不笑？冷漠啊，不见得是好人。看天不是，看地也不对，这个人他都不知道自己该如何存在，反正无论怎样都有人说不对。体系也一样。蒙田的不事体系，是他的短板，但木心欢喜。木心是懂得蒙田的，这点连喜好怀疑的蒙田也不怀疑。

判断和预见。你提取了主干的表述，不是木心之所想，必须加修饰语，似乎程度很浅，方是快乐。倘若是斩钉截铁的判断或者是无法撼动的预见，可能就是愁苦的一部分了。这完全是木心的哲学语言。

索尔仁尼琴，比木心早走三年。不靠谎言过日子，他度过了艰难但幸福的一生。点到为止。

雅与俗，爱与恨，都是木心的哲学，一种清醒的，冷。

八、醉舟之覆

“诗国顽童俦里，兰波整个儿任性。”

“兰波不是凑热闹的人，他天生散文诗性格，叫他不写散文诗也不行，写了两集散文诗也还是不行，他要散、强梁迅疾地散完他的生命。”

“兰波的天才模式是贴地横飞的伊卡洛斯。”（散文集《即兴判断》

第147—158页《醉舟之覆》)

兰波，19世纪法国著名诗人，早期象征主义诗歌的代表人物。顽童，任性，由着自己性子来，那无疑是最自由的。

散文诗性格，自由之一种。到散完自己的生命这样的程度，三十七岁就是一生，不是一般的凡人模式。“一个满心悲伤的小孩蹲在水边，放一只脆弱得像蝴蝶般的小船。”这是兰波的《醉舟》。“第一个相遇，在晨曦洒落的幽径上，一朵花告诉了我它的名字。”这是兰波的《黎明》。

木心果真说兰波是天才，而且像伊卡洛斯。神话里的伊卡洛斯，因为飞得太高，离太阳太近，翅膀消融，坠入大海。兰波是叛逆的典型，他一直在路上，最后一年，右膝肿痛，截肢，肿瘤扩散，亡。在十六岁到十九岁这几年，特立独行放纵不羁的兰波灵光闪耀，完成了他的主要诗作，他的一生，“我就是我，是颜色不一样的烟火”。

木心为兰波逝世百年而写的这篇祭文，写出了兰波不同寻常的一生，是一个天才对另一个天才的惺惺相惜。这个梵高的同时代人，活着名不见经传，死后声名远播，他的诗，他的血性，能使人感受到字里行间涌动着的激情。

九、人人人人

“短见者把远见者看做瞎子。”

“人依赖你，你稍一欠动，他就恼了，怨怒你不通情理，辜负他对你的信任。”

“有植物人，有动物人。”（以上《素履之往》第52—54页《翩翩不富》）

“粉笔写，随即擦掉——女人是粥，男人是饭。”

“有一种人是这样的：你看不起他，他就看得起你；你看得起他，他就看不起你。”（以上《素履之往》第68页《十朋之龟》）

“一种叫文学家，一种叫文学活动家。”（《素履之往》第80页《丽泽兑乐》）

一个文友这样评木心：一个通透了世界的人。读木心的文字，随意找几句话出来，都是直接或间接对人的评价，用木心独有的眼光、独特的表达。他说到陀思妥耶夫斯基，嗜赌，嗜人。所谓嗜人，用的更是木心式的语法，说“他的小说中人人人人”。

说见识，论长短，看了木心的话，不觉多了几分谨慎，像年轻时候那样脱口而出，会贻笑大方的，也许我们中的很多人，都是瞎子？

人性的弱点，木心看得太分明，怪他太清醒。一个多次被囚禁、软禁的人，一个在牢里依旧不弃对文学艺术的执念的人，有着这样的阅历推进着的人生，他对人性的认知肯定超越很多书本上的教条经验。他恼他的，与我何干？不通情理怎样？通情达理又怎样？辜负了信任怎样？违逆了自己的真心，得了他的信任又怎样？人只在活自己，旁人的眼光不必太在意，所谓放下，就是这样的吧？太清醒终归是累的，索性解放了自己。

人的植物性和动物性，一般兼而有之，就是成分多寡。

粥和饭，很新奇的比喻。女人和粥之间，男人和饭之间，有什么相似点？一个软，温柔，多情，熨帖于心？一个硬，扎实，坚定，强健于心？不得而知。见仁见智的表达，就像绘画里的留白，多的是想象空间。

看得起，看不起，有的人活得就像绕口令。

对文学家，我满是敬仰；对文学活动家，我只觉可怜。这个世界需要各种声音和色彩，所以也理解了他们。

有学识的某人解释木心的“木”字，“十”字架上那个“人”，也许没有错。

十、一地叹息

读完木心名为《我纷纷的情欲》的诗集，我没有看到闪亮的诗句掠过我的眼帘，唯感觉，木心落了一地的叹息。

在表达上求新的努力，我还是看到了。比如，打头的这首《我纷纷的情欲》，短短十一行，五十八个字，首尾呼应的圆，读来有一种回环往复的美，至于别的，如思想、情感，也许所谓情欲，是对自然的山、路、树等的满腔情愫，不是狭隘地指一个小我的欲望。

《寄回波尔多》，像一个蛰居乡野的老太太孤独的梦呓，读到最后，看到几行字的解释，恍然，居然是把蒙田随笔里的句子分行断句而已。这种做派，木心俨然一个顽童，读者迷惑之时，也正是木心在暗处掩嘴微笑之时。

在《俄国纪事》中，出现了四个俄国诗人作家，普希金、屠格涅夫、莱蒙托夫、叶赛宁，每人五行，多一点少一点都不成，像木心为这四人设的谜面。把谜底早早亮出来了，不好玩。

学《诗经》，全部四言的《大卫》；参南宋徐照的诗句写下的八行五言诗，是木心式的情深深雨蒙蒙；《纸骑士》中“那夜晚 / 接连三次一见钟情”；《肉体是一部圣经》，写满两页的一首诗，只有题目最靓；“小径已布满苍苔”，是木心的《黎明》，和兰波的不一样；《莱茵河》《蚕歌》《五月窗》等，是木心的十四行——读《我纷纷的情欲》，我记下木心的这些叹息。

木心写这些时已经六十多岁，不属于诗的年龄，所以他要留一首《年轻是一种天谴》？在接近尾声的地方，小心地藏好了，木心啊。

十一、如歌情话

三棵树，是西班牙产的一种酒。

我无端地觉得，木心写诗集《西班牙三棵树》时比写《我纷纷的情欲》时要年轻，但遍寻材料，无法得到验证。也许是多些激情吧？诗歌总是年轻的。我听见木心呢喃着一些情话。

“自己的毒汁毒不死自己／好难的终于呀／你的毒汁能毒死我／反之，亦然／说了等于不说的才是情话”（《西班牙三棵树》第25页《十四年前一些夜》）

“十五年前／阴凉的晨∥恍恍惚惚／清晰的诀别∥每夜，梦中的你／梦中是你∥与枕俱醒／觉得不是你∥另一些人／扮演你入我梦中∥哪有你，你这样好／哪有你这样你”（《西班牙三棵树》第35—36页《JJ》全首）

“我是 / 锯子 / 上行 // 你是锯子 / 下行 / 合把那树锯断 // 两边都可 / 见年轮 / 一堆清香的屑 // 锯断了才知 / 爱情是棵树 / 树已很大了”(《西班牙三棵树》第 44—45 页《如歌的木屑》全首)

诗文的鉴赏是一件很个人的事，有的会被看作“此文只应天上有，人间难得一回见”。同样的这篇，另一人可能觉得土得掉渣俗不可耐了无新意味同嚼蜡。木心的诗，仿佛是为佐证我的拙见。

自己的毒汁毒不死自己，说了等于不说的才是情话，都是地道的木心的语言。即使是被要求现代而凝练，木心的表达依然无法脱离哲理的桎梏。镣铐对于诗而言，可以是约束自由的刑具，也可以是与众不同的装饰品。从这点说，木心是个魔术师，他深谙此道。

你呀你呀你呀，极短的诗行，飞行般的阅读愉悦，在近乎醉酒的话里戛然而止，是西班牙的三棵树吧？好酒。恍惚又清晰，梦幻和回忆，爱情的滋味，那个 JJ。

清香的屑，木心不是只有痛苦才写诗，快乐一样给他灵感。

十二、特别木心

如果要我来评价木心的散文、诗歌和小说，就我所读的这八个集子而言，散文第一，小说第二，诗歌最末。

散文中有诗，小说的叙事有点像散文，诗歌写得像散文的分行排列。他喜用生僻字，某人说，木心家的词典一定比别家的大，太生动了。他是一个行文古雅的现代人。他的一生像一篇小说，有开端、发展、高潮、结局，因为太特别，不得不用散文的笔法，在发展之后加一个再加一个进一步发展，在高潮时多些个一波三折，这其中又镶嵌若干诗行。

但无论怎么说，这八本读下来，木心都是独一无二的，才子，思想独特，带点痞子气，有些故作神秘，有时透露一点率真，一点刻薄。他很知道自己，却未改，也许改了就是大师木心了，他更喜欢做凡人木心。

上述札记中提到的木心文集，是广西师范大学出版社出的《木心作品八种》(珍藏版)，2009年1月第1版，2011年1月第3次印刷。

/ 墨香依旧

1986年，我考上大学，读的是中文系。

江南小镇，虽说镇上的中学也是重点高中，但每年考上大学的人数总是寥寥。十七岁的年纪，一直生活在自卑里的我，因这一纸大学录取通知书，终于敢在大街上抬头走路了。那个暑假，在我记忆里，阳光明媚，繁花似锦。

快乐，同时忧伤着的，是母亲。

记得是一个明亮的夏日傍晚，母亲下班回到家，我和弟弟已经煮好了米粥，在阳台上摆上小桌凳，开饭。

太阳已经落下，大地暑热未消，被我用凉凉的井水浇过的水泥地面却比较凉爽。我录取通知书刚下来的那些日子，母亲一扫阴霾，多了些笑脸。

一个明亮的夏日傍晚，煮好了米粥，在阳台上摆上小桌凳，开饭

我瞅准一个机会，怯生生地开了口："妈，你不是问我要带什么书吗，我想……"我迎着母亲热切的目光，小心翼翼往下说，"《辞海》，简本的就可以。"

生活在小镇，老实说，当时我没有见过《辞海》的真面貌，只是听语文老师说起过。上的是中文系，我潜意识里觉得应该有这样一本百科全书似的辞典，那样我到了一个陌生的环境，面对一群博览群书见多识广的同学，才不至于太自卑。

母亲见过些世面，知道《辞海》不低的价钱。她没有马上应允下来，说："我托你陆阿姨到县城书店看看。"陆阿姨是母亲的同事，她的丈夫在新华书店工作。

那时年轻的我，被考上大学的喜悦冲昏了头脑，哪知道母亲一个人养活两个孩子的艰难。母亲下放多年，终于离开农村，回到她曾经工作过的异乡，到一家医院工作，每个月的工资是三十六元五角。

母亲没有马上答应，我微微有些不悦，人家都考上大学了，为我们这样的贫寒人家争口气了，要本辞典不算过分吧？又一想，母亲没有当场拒绝，可见还有希望。

过了几天，母亲对我说："镇上书店没有《辞海》，县城书店有，很贵。"母亲不明说买还是不买，我有些失望，还有不满。母亲不解释，转身忙别的去了。

九月九号那天，母亲背着大包小包送我去大学报到。我包里没有《辞海》的影子，带着懵懂与不安，我放入了高中的文科教材。从小镇坐船到嘉兴，再转火车，七八个小时后到大学所在的城市，最后坐汽车到校。我体弱，晕车厉害，是五十来岁的母亲背最重的包，照顾着我。

一路颠簸到大学，报到办手续、领书等一系列事情忙完，天黑了，住宿成了问题。我被安排在上铺，我是第一次住校，第一次睡上铺。母亲没有钱住旅馆。第一次离家的我，不悦、不耐烦还有不安，都直白地写在脸上。最后是对面寝室的同乡师姐帮的忙，她和室友拼铺，让我的母亲过了一夜。母亲第二天一早回家，我没有送她。我坐在陌生的环境里，铺开信纸给母亲写信，解释了自己态度不好的主要原因是晕车，简介了后来报到的几位室友，也提到了自己朝思暮想的《辞海》。

那段时间，我和母亲的书信来往很是频繁，差不多一周一两封，我不是在写信，就是在等母亲的来信。

记得十一月中旬的一封信，母亲告诉我，帮我买到了《辞海》。母亲的语言看似平静，我却能从跳跃的字迹里感受到母亲的激动，想必母亲也感应到我的心情了。

一放寒假，归心似箭。我一进家门，母亲就笑吟吟地指给我看，书架上那本大书，淡绿色的《辞海》，在那个冬日带着阵阵暖意。我从书架里捧出这部书，小心轻放在擦干净的大桌上。母亲的习惯是写上购书的日期、地点等，打开硬而厚的封面，果真，在扉页空白处看到母亲娟秀的竖排小楷："一九八六年十一月十一日购于海盐"，还有我的大名。

我当时没有注意母亲的表情，连她说什么我都没听清，我的心思都在这部大书上。这本《辞海》，是1979年版的缩印本，只一册，不是像《新华字典》那样按拼音查字，我马上摸索着按照笔画查字，首先查自己的姓"韩"，在1991页，很详细的信息，"韩非，战国末期哲学家、法家的主要代表人物"，我不禁读出了声，还有韩非的头像，冠缨飘飘。"哦，还有叫韩娥的，古代传说人物"，我是第一回听说韩娥，《辞海》告诉我，她善歌，歌声令人难忘，甚至给人"既去而余音梁欐，三日不绝"之感。竟然还有法国作曲家的词条，韩德尔，这人我又是第一回听说。

我沉浸在浓浓的墨香里，那么多的新知，与孤陋寡闻的我相遇，一个精彩纷呈的世界在我面前徐徐打开。待我清醒过来，才发现母亲在一旁微笑着静看，我马上说："妈，我查查你的姓。"母亲姓王。几秒过后，是我惊喜的叫声："呀，王那么厉害，有八页多呢！"

我是激动了好一阵之后才想起查看价钱，二十八元九角。对于一个月工资才三十多元的母亲来说，真的是一笔巨资。内向的我不会说“妈妈我爱你”这类话，但我的眼神告诉母亲，我心里的感动与感激。也许我是在那一刻真正长大成人的。

母亲告诉我，她年轻时也希望有一部这样的书，但外公家条件不允许，这个愿望一直没有实现。我对母亲说，《辞海》放家里，大学里的图书馆有很多书，需要时我可以借阅，这样我暑假寒假，回到家里也不愁没书看。

1988年1月，母亲又帮我购买了1979年版的《辞海》增补本，价格七元五角。像往常一样，母亲又郑重地在扉页写上购书日期。

我大学毕业后，被分配到一座古城的师范学校任教，这部《辞海》和增补本一路跟着我，后来三次调动，十来次搬家，都未曾离开过我。江南，书最怕梅雨天。每年一出梅，我家的家常事是晒书。那部《辞海》，封面绿莹莹的色泽，早已不再鲜亮，但岁月不蒙尘，打开有点泛黄的书页，依旧有墨香。那本增补本用得少，黑色的封面感觉更加深沉了。

也许我和母亲之间有着某些感应。看到“我心目中的《辞海》”征文启事，我想起了对《辞海》三十年的记忆，因工作繁忙，迟迟没有落笔成文，却意外在电话里听母亲谈及《辞海》，心头一惊。

母亲退休后住上海。我每周固定时间和母亲通话，内容纷杂，老人已经八十岁，日常生活主要是看电视新闻和听广播新闻，大事小情她常常比我先知道，也知道得多，知道得细。那日通话，母亲告诉我《辞海》又在编了，问我还记得三十年前买的那部吗。我忙不迭回应，记得记得，还信誓旦旦承诺，等新版《辞海》出来，我买一部送她。电话那头的母亲笑了。

三十年前，母亲省吃俭用给我买了《辞海》缩印本和增补本，为我打开了一扇看世界的窗，引领我走出贫瘠，走向成熟。

三十年后，我决定买新版《辞海》孝敬母亲，充实她晚年生活的不只是知识，还有温暖的亲情。

多么美好的事情，一部《辞海》联结了两代深情，时光飞逝，而墨香依旧。

/ 不仅是好看

一直以为，好文要慢慢享用，但半夜遇到须一瓜的长篇小说《别人》，便自觉颠覆了半生时间里树立起来的阅读观，欲罢不能，竟一气读完，直至天将破晓。

的确，《别人》是一部“有生活”的作品，故事环环相扣，一波三折；人物鲜活悦目，极具个性；两条线索巧妙交织，张弛有度；笔调从容，似人性的多棱镜，在读者面前展现了报社生活的一派烟火，纷杂而斑斓。

小说开头极为沉着，“电话铃把手机震下了床头柜，江利夫闭着眼睛在床下捞摸手机”，凌晨一点三刻，张伦来电，“语气紧急，却有一种潜伏的欢欣感”，妙在这“潜伏的欢欣感”，颇让人回味。然后女主角庞贝闪亮登场，首次亮相是在派出所110警察值班室的上下铺铁床上，酒后酣睡的模样，描写详尽，不厌其烦。像开头这样的表述，文中不少，所以我说，《别人》，不仅仅是好看，它借你一束微光，架通真与假，调和显与隐，认清人与己，洞悉复杂的世界。

关于情节的“真”与“假”。好看的故事，总在“似”与“不似”之间。作者果真有报社生活的经历，小说人物的言行表现，那种语言风格，那种职场氛围，想必在很多报社都有，某个细节甚至仿佛纪实呈现，故事太“真”了。随着情节往前推进，某些戏剧化情节的设置，比如马佛送泄密，让现实生活中错综复杂的矛盾得到集中揭示，才让读者惊觉，这还是小说，虽然它浓缩了现实，让报社这个小世界成为大社会纷繁芜杂生活的缩影。同时，读者阅读这篇小说时，享受语言节奏的流畅，行云流水的叙事，不觉得假，这种“似”与“不似”之间的分寸感极好，这是让我沉迷的原因之一。

关于人物的“显”与“隐”。这些辩证关系的咀嚼，本身非常有意思。本部小说主要情节都围绕庞贝展开，文中写她扮成李阿姨的表妹，暗访克扣粮饷的幼儿园。此处的庞贝，记者的身份隐藏起来，李阿姨讨薪者的身份也暂时不显露，却写出了活色生香的日常生活，这些片段组成了让人心惊的现实。李阿姨的目的是讨薪，一千三百四十七块钱。作者少用形容词，而是用密集的数字，给读者以震撼。比如“西红柿炒鸡蛋——九个西红柿，三个蛋”，再比如，

“包菜炒肉丝——两个包菜四两肉丝”等等，至于一个小馒头切成十片，这是袁园长坚守的“绿色健康理念”，倘若不是眼见为实，真让人以为是一家育人理念高大上的幼儿园呢。

当有意隐藏的不得不显露，袁园长知道庞贝的记者身份后电联庞贝，也是一串数字，允诺一千三百，一千五百，三千好啦，四千元……不成之后口出污言秽语，辱骂威胁之后又跑到报业集团大老板“武则天”处，接着侯翔气昏，袁园长扬言要找中央《焦点访谈》，接着江利夫出面，和颜悦色晓之以理……无需多言，人性的一幕戏精彩上演，撕去了袁园长的伪装，暴露了其唯利是图的小丑的真实面目。报社诸多人物轮番上场，掀起了一个故事小高潮，将人性的美与丑展露无遗。

相对于庞贝而言，男主角马佛送，是隐在后面的人物，文中提及的关于网络读博的这个情节，让小说添彩。看名为“谁拿了我的笔”的博文，既是马佛送真实生活的一部分，可见其隐匿的心灵一隅，又借博文内容，大大丰富了小说情节，并且为叙事删除了旁逸斜出的枝杈，故事更加紧凑好看。网络世界是虚拟的，可文中多处巧妙照应，使得实与虚自然交融，显与隐巧妙交织，推动情节向前发展。

关于环境中的“别人”与“自己”。“别人”是“自己”的一面镜子，引人遐思。庞贝这个人物，本身个性飞扬，作者的文笔也是才情飞扬。这个爱喝易醉的神性女孩，读者被她的特立独行打动，期望能有个有情人终成眷属的结局，作者却不理会这些，一心顺着庞贝的生活走，以为开头的江利夫有戏，以为侯翔有戏，结果发现他们都已结婚。终于出现了一个深沉复杂的医学博士马佛送，以为风雨过后见彩虹，结果采访泄密一事，最终发现竟然是马佛送做的手脚，刚开始以为是女工作狂的恋爱神仙故事，看到这里猛然醒悟，恍惚是谍战剧。爱情故事寿终正寝，读者对人性不免心情灰暗起来，还好最后有瞎帅，这个瞎眼的按摩师，一直未舍对庞贝的一份真情，两人未见上面，庞贝冒雨离开，瞎帅听出了是庞贝，立在窗前凝望。庞贝会回头吗？这样简单又勇敢的女孩，应该有一个好的归宿。读者读小说，自觉参与再创造，下意识地在别人的故事里放进了自己，关注人物的命运，可见本部小说有多吸引人。

让读者怦然心动的细节很多，比如写毒鸭血深度报道。做鸭血的小祥通过热线电联庞贝，说的话令人心惊："你为什么要报道呢？你不说大家不就不生气了，吃了又不会死人……"仿佛身边熟悉的某人在委屈地诉说，一脸无辜。殊不知，社会生活中，没有孤零零的人，每个人都是"别人"，而每一个"别人"有可能照见"自己"，人与己互相渗透、相亲、交融，有时分开、对望、仇视。就像一粒石子扔进了水里，涟漪一圈圈荡漾开来。生活之水是活水，让人充满探究的欲望。

《别人》，是一部非常好看的小说，而且，不仅仅是好看。

/ 一万零一种写法

对作家周华诚的文字，我一直有好印象。散见于报刊的文章不在此赘述，只说我手头上他出的书，就新鲜迭出，精彩纷呈，让人眼花缭乱。这次读到周华诚的小说集《没人知道你在寻找什么》，同样给人耳目一新之感。

常用汉字的数目只有三千，但可以非常多样地排列，反映纷繁芜杂的世界，传达千奇百怪的想法，热爱文字的人总会在这种探索中找到乐趣，的确，求新给予写作者无穷的吸引力，纵使已经有一万种写法，你都不知道第一万零一种是什么样的。

周华诚的小说我读过的不多，但单就这个集子里的，就有很多说头。

熟悉与陌生。短篇小说《没人知道你在寻找什么》的故事发生地在杭州，我在小说中遭遇很多熟悉的东西，但故事又是崭新的，这种介于熟悉与陌生之间的分寸感的恰当把握，是小说让人着迷的原因之一。

地气与仙气。好看的小说一定是接地气的。华诚的笔墨都落在草根身上，小说的人物群像，都是生活在我们身边的人，有烦恼有快乐，有纠结有释放，有挣扎也有希望，活色生香，满是人间烟火味。要说仙气，是说小说呈现出来的那种气质，令读者在掩卷时错愕。平常的故事催人思考，终究不能把小说中的人和事，如蛛丝一般轻轻抹去。因为地气，不觉得小说是瞎编出来的；因为仙气，觉得小说有内涵值得一读。

寻常与突破。以前只知道周华诚散文写得好，没想到小说也写得这样好看。因为虚构的存在，小说给了作家更大的探索空间，对于想象的延展，对于人物命运的挖掘，对于世界丰富性的把握，有了更多可能性。周华诚在小说中用文字呈现鲜活的人物、故事、情感、思考，不断探索，追求创新，这种勇气值得肯定，能取得这样不俗的成绩，更是难得。

纵观全书，八篇小说，各有特点，不同的切入点，不同的人物性格，不同的故事和人生，但仔细想想，还是能找到它们的共性。

一是对孤独和死亡的执着思考。本书的故事平中见奇，但沉下心来想，小说中的谁谁谁为什么会这样呢？答案总是指向“孤独”。《慢慢显影》中写，自从把灯箱和背景布都架起来之后，钟点“只拍了两张照片，一张是自己，另一张就是邻居老头”，读者能明白为什么后来那个日本大叔增田，叨了半天，一张照片没拍。在《移车》中，作者更是借李手之口说出自己的孤独感受，“我也常常觉得我很孤独。我们每个人都很孤独。我们都是生来孤独的。有谁了解我的孤独呢？我能跟谁说我是孤独的呢？谁会相信呢？”好的小说不是只呈现生活的表象，而是静水流深，有思想的暗流在字里行间涌动，孤独这股泉流如此清澈，又如此沉重。本书每篇都写到死亡，这只无形的手拽着人物命运的线，操控着他们的人生，不管以何种形式出现，或浓或淡，或深或浅，牵引着情节走向，传达着作者的思考，又不全盘托出，让读者去遐想。一旦读者走进作者虚构的世界，并积极参与其中，小说就不只是一个凡人普通的故事了，而是再创造，小说的深刻和丰厚就在这里。

二是哀而不伤的情感传达。每篇小说都能找到关于孤独和死亡的印迹，不曾读的人也许会觉得，伤感是周华诚小说的主色调，我说，错了，如果只是展现人生沉重灰暗的一面，小说的魅力就会打折。之所以说好看，是因为哀而不伤，这种分寸感的拿捏恰到好处。《我听见风来自地铁和人海》中，马一死于地铁事故，但纵观全篇，除了对底层人物生存常态的描摹，更充盈着对卑微生命的悲悯与体恤。这是作品的光亮，掩卷，默想，对人生并不绝望，草根们如草芥般无力，但面对苦难和不幸，并不缺少勇往直前的勇气，作品能让读者感受到草根的力量，草根生命的温度。

读这部小说集，我很少去顾及语言、结构等诸如此类文学的东西，完全被文中人物的命运牵引，追随他们的脚步，赶赴别人的一段人生，即使是看客，心终究是拎着的，李枝花、钟点、李手、边楠、陈江苏……一万种写法，写出的是一万种人生，还有第一万零一种，写作的乐趣就在其中。华诚说，写是对写的奖赏。对我们读者来说，读，有所感，就是对努力探索的写作者最好的奖赏。

王蒙曾言："写小说的人总是在追寻，又总是没有完全得到。"华诚还会一直追寻，我们还会看到他更多更好的小说，第一万零一种一定更精彩，我忍不住期待。

/ 诗心如钻

我纯粹是为乐趣而读书，而读诗是我悦读中很重要的一部分。回想那些年我“追”过的诗人，发现诗歌与我的生命这样紧紧偎依。

我的诗歌启蒙，应该追溯到年幼时候，眼里是铺天盖地的大字报，听的是广播里铿锵的战斗宣言，无关政治，诗歌在我稚嫩的心灵留下了印象，鲜明的节奏，带着血脉的搏动。

上了初中，初遇诗歌，是郭沫若的《天上的街市》，至今仍记得语文书中那些让我心动的诗句：“远远的街灯明了，好像闪着无数的明星。天上的明星现了，好像点着无数的街灯。”诗人借助非凡的想象，在一个十二三岁孩子的心里，描绘了一幅堂皇迷离的卷轴。后来读到冰心的诗歌“墙角的花，你孤芳自赏时，天地便小了”时一惊，感觉有什么在轻轻拨动一个少女的心弦。在那个书籍匮乏的年代，我所接触到的诗歌少之又少，但它们都曾让我感受到旋律之美、文字之美，激发了我的想象，照亮了我的生命。

让我全身心和诗歌相拥的是80年代，我考进了师大中文系，面对图书馆里那么多书，那么多诗集，真可谓好像饥饿的人扑到面包上一样。我如饥似渴地阅读着一本本诗集，在校园的清晨和黄昏，在紫藤花下的石凳上，手捧一本诗集，轻声吟诵。晚自修，忙完了作业，就是读诗，有时光阅读吟诵还嫌不够，还要从可怜的一点饭费中省出钱来买书。我甚至做过今日看来匪夷所思的事：用笔记本抄录整本诗集，由此可见当年我对诗歌的痴迷，读诗是我大学时代宝贵的阅读体验。我喜欢过徐志摩、戴望舒、李金发的诗，特别热爱北岛、舒婷等朦胧诗人的作品。写到这里，我抬头看眼前的书架，几本80年代买的诗集被我放在了醒目位置，像《朦胧诗选》，书价二元三角五分；像《北岛诗选》，书价一元三角五分。书页已经泛黄，里面我用铅笔写的评语，也已字迹模糊。我甚至记不清那些密密麻麻的字，是当年我的原创，还是读了名家鉴赏之后的抄录，比如，在北岛的诗作《走吧》第四诗节诗句“我们去寻找生命的湖”旁边，我写着“人活着，不是目的，重要的是精神的不朽”。夹在《朦胧诗选》122页和123页之间的那枚野花书签，因着三十年的光阴而有些残破，但依然能看清，122页，顾城的《一代人》，只短短两行，我的笔记足有九行。

工作后，我依然疯狂地喜欢席慕蓉，有我手中一元一角五分的《七里香》上面的圈划为证。我曾废寝忘食地读波德莱尔，我手中泛黄的标价二元四角五分的《恶之花》知道。读尼采，读济慈，读普希金，读泰戈尔……我像一个游泳好手，游进了碧波荡漾的诗海，激动，享受，沉迷。那些让我心动的诗句，至今我依旧能脱口而出，尼采的“我们全体都滚滚/奔向永恒的故乡”，济慈的墓志铭“这里躺着一个人，他的名字写在水上”，普希金告诫“假如生活欺骗了你，不要心急，不要忧郁”，泰戈尔说“天空没有翅膀的痕迹，而我已飞过”……这样新鲜凝练的表达，发自肺腑的真情，让青春的心怦然而动，那阅读体验真是妙不可言。现今，我依旧爱诗，《诗刊》和《人民文学》几乎每期都看。

除了忘我地读诗、抄诗，当年我还背诵诗歌。有的诗，简短隽永，阅读次数多了之后，自然就会背了，比如北岛的《一切》。有些是因为太过热爱，用心把那些动人的诗行刻入了心里，比如北岛的《回答》。时隔三十年，在我的语文课堂上，不经意的一点启发，让我忘情地当众朗诵了《回答》全诗，竟然一字不差。对于忘性渐大的我来说，这真是一个奇迹。那些飞扬的诗行，已经镌刻在我的生命里，时间的魔手都未能轻易抹去。

我也是那个三十多年来一直买诗集来读的人。今年年初，我借阅了一本《诺贝尔文学奖获奖作家短诗精品》，爱不释手，足足记了十三页的读书笔记。在书中所列的二十八位诗人中，我最喜欢辛波斯卡，编者在本书中收录了她的十七首诗作，对她的推崇可见一斑。读辛波斯卡，她的优雅与清醒，她的冷静与犀利，她的幽默与机智，使我不再年轻的心再次被拨动。放下书，我直奔书店，寻寻觅觅，终于在外国诗人书架的最上端找到，踮起脚尖，抽出那两本诗集：《万物静默如谜》和《我曾这样寂寞生活》，在旁边陌生人好奇的目光里，欣喜地买了捧回家。

多年来，我读诗，同时写诗。读写相长，和谐相生。我最早发表诗作，是在《浙江师大报》上，时间是1988年。我最近发表诗作，是在《浙江工人日报》上，时间是2015年。我这样向文友介绍自己：主创散文，特别“热爱诗歌，三十年痴心不改，偶有诗作发表”。对于庸常的生活而言，那些美好的诗歌，是明亮的星星，丰富了我的生命，让我脚踏实地的同时不忘仰望星空，留心更多诗意和美好，从而使踩在土地上的每一步都变得更踏实和愉悦。

诗心如钻，闪亮，珍贵，迷人。在年龄渐老的今日，我仍保持着对诗歌的敬畏和热爱，我身边也有不少像我这样徜徉诗海乐而忘返的人，这是诗歌的幸运，也是我这个读者兼作者的幸福。

辑三 亲爱

我怕来不及，我想把一分钟掰成两半用，我希望一天有二十五个小时……明白这是自己的痴心妄想，所以要用尽全力，让一个声音盖住另一个声音，我只能，只争朝夕，一生只有三万天。

/ 我怕来不及

一生只有三万天，那还是以活到耄耋之年来计算的。自己是时间的富翁，本是一种天真的错觉，想到这，立马心跳声有些澎湃，眼睛有些湿润。我的心里，常常有两个声音：一个说，慢慢走，欣赏啊；另一个说，只争朝夕，我怕来不及，因为一生只有三万天。

奉献孝心，我怕来不及。父亲的容颜越来越模糊，我懊悔直到他猝然离世，我才放下对他经年的怨恨。两年了，我一想到他，忍不住泪眼婆娑，假如当年我宽容父亲以前的种种不是，是不是现在的我会心安很多？人生没有假如，老天喜欢用各种痛悔让人成长，尽管我有一千个不愿意。母亲渐老，因长期服药，她的形象浮肿苍老到让我心酸。想起三十多年前，母亲和弟弟的一张两寸黑白照，背景是群山和夕阳，那时的弟弟，身高只到母亲的肩膀，那时的母亲，年轻，清瘦。时间的魔手，把我的母亲变成了弱不禁风的病人，特别是前年脑梗后，她身边一刻也离不了人。我对于母亲的孝心，只有每周至少一次的电话，和寒暑假的悉心陪伴。我真怕来不及，不能在母亲身边听她唠叨，不能为母亲做饭洗衣搓澡。哪怕什么也不做，陪着她，看会儿电视，聊一下闲天，也是好的，我真怕哪天突然被剥夺了这样的机会。我清醒地知道，每个人迟早都会成为孤儿，我愿老天赐福于我，让我多些时间做一个有妈的幸福老小孩。

执子之手，与子偕老，我怕来不及。翻看那些青春时的老照片，是浪漫美好的事，也让人心生悲凉。照片未曾褪色，青春却一去不复返。有时候，一个人对镜自怜，不免自怨自艾。更多时候，忙碌到无暇对镜，一日又一日，是奉献，也是蹉跎。有时间抱怨，有时间用恶毒的语言发泄，却不肯停下来，细细看一看他的脸，皱纹不是只爬在我的额头，衰老不是只写在我的眉间，他也在变老。时间改变了那么多，温柔不必了，体贴不见了，一听电话，旁人就知道你在和谁说话，所有的热情和耐心都给了孩子，自己的孩子和别人的孩子，就怕这陪伴的几年留下遗憾。那个冷漠的声音命令的腔调，一定是和他，我已经够累的了，还要柔声细气说话么？忘记了，夫妻也许只有一世的缘分，假如有来生的话，不一定就能遇见，何况来生多么缥缈。我只做你一世的妻，所以要温柔地对待。我不怕容颜的苍老憔悴，我是怕因

我怕来不及，我想把一分钟掰成两半用，我希望一天有二十五个小时

为疾病不能活到老，我更怕不能和你一同变老。

我怕来不及，献出我所有的热忱，给我热爱的孩子，陪伴着他，看着他成长，娶妻，生子，亲眼见证他生命中点点滴滴的幸福。想起很多年前的一件事，那时小儿刚上幼儿园，因为调皮，被我说了几句，小儿很是委屈，扁着嘴说，我是从老远老远的地方来你们家的。我们两个哈哈大笑，追问，为什么来我们家呢？小儿答，我看你们可怜。今天回味，笑不出来，谁在前世约了你，要你这样隔山隔水地跑来，千辛万苦做我们的孩子？谢谢你，我亲爱的孩子，我们没有做父母的经验，摸索着成长，磕绊着进步，是老天的厚待，让我们今生不孤单，让你成为这样阳光上进的青年。

我怕来不及，报答朋友，倾心帮助；我怕来不及，安静阅读，让生命更好地成长；我怕来不及，万水千山走遍，只能在心里一遍又一遍回忆往昔……我怕来不及，我想把一分钟掰成两半用，我希望一天有二十五个小时，明白这是自己的痴心妄想，所以要用尽全力，让一个声音盖住另一个声音，我只能，只争朝夕，一生只有三万天。

/ 读你千遍

我一直不懂母亲，直到前段时间重读母亲写给我的158封家书。

我与母亲已经隔阂了几十年。记得在我小的时候，和弟弟吵闹了，不小心弄疼了谁，于是一个哭一个叫的，母亲的手永远是在弟弟的头上揉啊揉，而我总是坐在父亲的腿上眼泪汪汪。母亲一边用眼光很严厉地扫视我，一边安慰着弟弟。很多年后，等我和弟弟都长大了，母亲还这样评价我，我的女儿就是眼泪做的。

我身上的敏感和浪漫，来自我父亲的遗传；我一贯的倔强和骄傲，则得益于母亲的馈赠。我在成长，在叛逆，也在抗拒。母亲在付出，在忍受，一直在煎熬。母亲从不打我，也从不停止骂我，即便我做得再好，母亲永远是不满意的。

所谓青春期碰上更年期，也许就是这样的吧。如果说这林林总总

在年纪渐老的今天重读这些信，
有很多感动漫过我的心，像潮水一
样汹涌澎湃起伏不息

是因为母亲追求完美，我倒释然了，问题是我一直觉得母亲很偏心，事实上，我一直耿耿于怀的是迁户口这件事。父母下放，1975年母亲先落实政策回城，一个孩子的户口可以随迁。我比弟弟年长两岁，按照常理应该先迁我。那时城乡差别很大，户口是农村的还是城镇的，待遇很不一样，未来的选择也不同。但母亲很果断地迁了弟弟的户口。

这个偏心的母亲，在我四年大学期间，给我写了一百多封信，一直到我自己做了母亲，八年时间，总共158封信。我把这些信去掉信封码齐了装订在一起，在年纪渐老的今天重读这些信，有很多感动漫过我的心，像潮水一样汹涌澎湃起伏不息。

看1986年10月19日的来信，母亲先是告知我给我寄了一个包裹，里面有什么，接着叮咛："最近我处雨天，天变冷，希你自己注意，不要受凉，在外一切都要自己保重。"然后母亲告诉我，我的同学谁谁高复，住在我家，某某又在哪里高复，几日来，云云。那一串我熟悉的名字，当年她们都得到过我母亲的照顾，只因为她们是我的高中同学。母亲还问我，单位开始征订报刊了，《读者文摘》订在哪里好。最后一段，母亲更是谆谆教导我："学习应刻苦钻研，尤其对枯燥无味的课程，也应理解，毕竟这是你的专业。"我忘记了当年我是怎样向母亲抱怨的，这一定是母亲有所针对的劝导。我年轻而倔强的心啊，当年是不懂得的。再读这封，我沉睡的记忆突然被唤醒，想起很多年前，我的同学慧曾经在信中向我描述，她感动于那一幕：我母亲在邮局戴着老花镜一针一针地缝寄给我的包裹。

看1987年9月7日的来信，主要内容讲小敏。小敏是我母亲的同事贝阿姨的三女儿，比我低一级。母亲关照我："希望你12日到新生报到处看看小敏，帮她拿拿行李，找好宿舍，挂好蚊帐。二人在校要互相照顾、互相帮助为好。贝阿姨31日开刀，看来情况不好。小敏已去上海看她妈妈了，这种病是很危险的，因此你对小敏更应该好些才是。"记得我们小的时候，偶尔也和小敏姐妹一起玩，但小敏脾气太躁，总不能处得舒心。而贝阿姨是一个美丽温和的女子，心地善良，在我家最困难的时候，她总是尽力帮助我们，这点滴恩情，母亲都铭记在心。小敏报到后，我对这个师妹很是上心。当年10月5日的来信，提到贝阿姨，母亲说贝阿姨看起来很危险，叫我不要和小敏讲，担心小敏学习分心。后来贝阿姨去世了，母亲在信中不止一次关照我，一定要照顾好小敏。母亲就是这样一个有恩必报的人。

很多记忆在重读时醒来。读1985年5月5日的信，知道弟弟拿了奖学金；读1986年11月14日的来信，我知道母亲托陆阿姨帮我买了《辞海》，价钱二十八元九角；1987年11月2日的信，母亲告诉我，弟弟在学世界语；在1988年3月3日的信中，母亲详细叙述了我外婆去世的情况，“23日中午情况恶化抬至家中，于12点31分去世”，母亲还写了她内心多么悲痛；在1988年3月16日的信中，母亲说，“目前肝炎流行，望你饭前、便后、手拿过钞票后、吃东西之前，都要用肥皂洗手”，学医的母亲不厌其烦地说了多遍；看1988年5月22日来信，知道母亲随单位同事到苏州、无锡春游了两日……

老舍说，有母亲的人，心里是安定的。突然想起那次春节陪伴母亲，母亲问我，上次给你的一万块钱，你最后买了什么？我一惊，才想起此事。我们做儿女的，平日忙于工作，无法在母亲身边尽孝，就省下辛苦钱孝敬母亲，而母亲舍不得用，积攒下来凑个整数还给小辈，有时以给我孩子压岁钱的名义。那一刻我才顿悟，母亲其实是想留一点什么给我——那年母亲七十三岁，而我的外婆就是七十三岁去世的。我怪自己后知后觉，所以抓紧了呀，把母亲的一片心意随身带上。写到这里，对母亲，我没有怨恨，只有感激，母亲就是奉献的同义词。

读你千遍，也不厌倦。有母亲的这些温暖的书信伴着我，在人生的道路上，我会走得更加从容。

/ 菜谱

母亲年已八十,一身的病，平日全靠保姆照顾，我们才得以安心工作。这次保姆老家有急事，不得不回，恰巧我放假，照顾母亲的责任就落在我的肩上。在陪伴母亲的这些日子里，最让我难忘的，是母亲为我抄菜谱。

以前我们想当然地认为，照顾好母亲就是让她吃好穿好，一到过年过节，我们当小辈的，这个给她买新的衣裤鞋帽，那个给她买糕饼补品，再包若干的钱。碰到她的生日，聚齐了到饭店吃一顿，买个大蛋糕，唱个生日歌。母亲当然很开心。其实，更多的时候，母亲心里很失落。我在陪母亲看电视时，和她聊天。听到母亲说，老了就越来越没用了。我极力反驳，说没有的事，家有老人是个宝。母亲就叨叨开了：我要洗个碗，不成；我要扫个地，不成；把我当大熊猫一样保护起来，怕摔了，怕累了，活着就是熬日子。

母亲这番掏心掏肺的话，我想了很久。的确，真正的“孝”，不只是满足物质需求就好，更要关注老人的精神需求，从这个意义上说，“顺”就是最好的“孝”。

听说我工作劳累时会发荨麻疹，母亲就怀疑是我饮食不注意导致食物相克之故，细问我食谱，我老实告知。当我说到，凉拌黄瓜，撒点花生米，颜色好，口感新。母亲就叫起来，黄瓜和花生不可以同吃的呀！她忙找出剪报，戴上老花镜，指给我看。我一看，白纸黑字的，果然。接着，母亲说要给我抄一份相克食物的菜谱。我本能地拒绝了。母亲是个老人，还是个病人，从早到晚吃很多药，视力又极差，我怎忍心母亲辛劳？再说，用手机一拍，不是很轻松方便吗？剪报密密麻麻很多字呢。但一看到母亲那种期盼的眼神，我明白了，母亲从中发现了自身的价值。我不愿扫母亲的兴，忙改口说，好啊好啊，只是不要太累了。

母亲仿佛年轻了几岁，她找出一个新的笔记本，戴上老花镜，开亮了灯，端坐在桌前一笔一划地抄。才写了两行，母亲就有些泄气，她说，真是老了，手抖得厉害，字写得那么丑。要知道，母亲年轻的时候，很为她的一笔好字骄傲。我一看，虽大不如以前，但能看清，忙表扬母亲说，很好啊，比那些玩电脑的人的字，不要好太多哦！

母亲为我抄了六页菜谱，花了两天时间。现在我和母亲打电话，有时还会提到这份她亲手抄的菜谱。我能感受到电话那头母亲的欢喜。

/ 母亲的心

每个周末的固定时间，我都要给在上海的母亲打电话。假若我忙得忘记了，哪怕只是迟了几分钟，母亲那边就打电话过来了，问，是不是病了？可以想见，母亲一周都盼着这个电话，这是她生活的盼头，她的希望。

打电话也成了我一周的大事。习惯了报喜不报忧，你想想，八十岁的老人，一身的病，如果我现实里有什么糟心的事，真的敢告诉她吗？忍心告诉她吗？万一说漏嘴了，母亲又帮不上忙使不上劲，光着急，不是更让我难过吗？索性不说，尽挑让老人高兴的事说，得奖了，发钱啦，身边的熟人趣事，诸如此类的。电话那头传来母亲开心的声音，我就有了好心情。假如那头的母亲，声音有气无力的，即使回答我说都好都好，身体还好，我的心终究是牵挂着的。

母亲电话的内容，不外乎儿孙们的细细碎碎，千叮咛万嘱咐，这不准那不许。我年轻的时候，不太有耐心，学校的事就够我操心的，做班主任时更是总觉得时间不够用，一旦母亲电话里唠叨个没完，而且总是说过的事，又说一遍，我有时就忍不住提醒，说过了，知道了。当时明显感觉那头的母亲有些失落。现在我自己年龄渐老，对母亲的心态多少有些知晓，就多了体谅。现在再出现这种情况，我还是当新鲜事一样听着，母亲自己意识到了，笑自己年纪大了记性差了，我就选别的事夸老人，哪怕细枝末节，老人也像学生一样，喜欢表扬和鼓励，我也因为母亲的开心而开心。

母亲爱好看电视听广播，特别喜欢新闻节目，常常是我还不知道身边的什么事，母亲已经将此事提出来了。比如，这周打电话给母亲，母亲说，你没事别站阳台上。我纳闷，为啥呀？母亲说，你没看新闻吗，有人家阳台整个掉下来了，没事别待阳台上。阳台掉下来，那真是小概率事件，但母亲记着，不忘电话里关照一番，这就是母亲的心。

母亲爱告诉我说，什么菜蔬出了什么状况，近期不要买了吃；不要吃火腿香肠，容易致癌；四季豆一定要炒熟；花生不要和芹菜搭配着吃；吃螃蟹不要同吃柑橘、柿子；不要一个人夜跑，特别是人少的地方；不要……无穷多的不要，母亲恨不得把我放在保温室里，在自己目光所及之处。听的时候有样无心，放下电话一想，忍不住感动，这点点滴滴，都是母亲的爱啊。

我多么幸福，活到这把年纪，还总被八十岁的老母亲记挂着。唯有快乐活，惜福，才对得住母亲的心。

/ 天堂一定有月光

1

曾有半年时间，家里只有我和父亲。那年我六岁。

我是学校一年级里年龄最小的那个，放学走回家，天色有些暗了，父亲还没有回到家。我一个人坐在门槛上等，一直等到月亮升起来，白月光把门前的菜园照亮了，照在那些瓜豆架子上，照在木槿花做的篱墙上。有时我会害怕，害怕那些黑魆魆的影子，还好月亮很圆很亮，我可以抬头和它说会儿话。

我不记得吃饭等俗事，我记得那回看演出。父亲回家来，牵着我的手，直奔大会堂。那晚月光很好，一路一点磕绊都没有。大会堂里已经都是人，只听见那些激昂的革命歌曲被唱得都快把屋顶掀翻了。我跺着脚叫，爸爸爸爸我看不到。父亲把我举起来，我看到高台上突然冒出很多穿绿军装的人，他们臂上挂着红袖章，排着整齐的两溜队伍。那架势，我惊呆了。他们不知疲倦地唱，而我很快睡着了。

我醒来的时候，发现自己趴在父亲的肩头，一摇一晃的，我们走在回家的路上。我偷偷睁眼瞅瞅，月亮光光，田野、庄稼、房屋，银白，灰蓝，深深浅浅，有鸣虫在伴唱，于是安心地闭起眼睛继续睡。

成年后的很多回，我都会梦到这一幕，那晚的月光是我今生见过的最美的月光，皎洁玉轮，不染纤尘，梦里我总是一路飞奔，踏过一片片田野，飞过一幢幢房屋，连远山也不能阻挡我，我把满天的月光都踏碎了。

2

那是一个冬日的清晨，父亲带着我要离开山村，这个他下放的地方。那天的风特别冷，我跟着父亲走在那条出村的小道上，有些坑洼不平的地方结了冰，我的棉鞋轻轻地踩在上面，滑滑的，有些冰面有晶亮的光泽，我一脚用力踩下去，嘎嘣一下就碎了。我抬头看天，一个惨白的月亮，也许是一个有气无力的太阳，它好像是画出来的平面的一圈白云。

我们走到小道的尽头，拐向大路，天有些亮了。父亲去敲门，和我的小学老师告别。那是一个扎着两根麻花辫的很美的年轻女子，也是城里下来的。若不是因为这个关系，学校是不会收我这样小的学生的。印象中老师家的门很窄，木门，有些斑驳，老师的笑很暖，我们说了几句告别的话，可惜现在一句也不记得了，但那个暖暖的笑我一直记得，还有老师塞到我手里的鸡蛋，还是热的，捧在手里，冰冷的小手一下暖过来了。

那天的月亮似乎早就知道这个结局，而年幼的我浑然不觉：走出小村，就是永远离开我的父亲。

我爸爸，这三个字，从此在我家成了忌语。母亲忘我地辛劳，如果我还有什么抱怨将显得我多么没有良心，连对父亲的思念都像是一种罪过。

3

我很快结识了新的小伙伴，学会了一种新的方言，融入了一种新的生活。夏天的月夜，我们玩一些童年的游戏。比如绷花线板，不长的一根圈线在两个小女孩的巧手中，变化出很多花样。比如玩东南西北，纸折的，四个方向写下一些自己会的词，也许是一个梦，乐此不疲地追逐。

童年在经历着的时候，真的不知道什么叫悲伤，只有等时间过去，回忆往昔，才会有一些东西浮上心头，像刀子，一刀一刀地划

月亮升起来，白月光把门前的菜园照亮了，照在那些瓜豆架子上，照在木槿花做的篱墙上

着你的心。有一种游戏叫比脚趾，小伙伴们头碰头，双脚并拢，比塑料凉鞋里的小脚，比的是大拇脚趾和第二个脚趾的长短，说大拇脚趾长的，将来先死母亲。我努力地想把第二个脚趾伸直，不惜用手去按住，但我的大拇脚趾依旧要长一点。双亲里先死母亲，是每一个孩子都不愿意看到的，我自然得到小伙伴没心没肺的嘲笑。那时的我不去想这样的比较本身多么无聊，而是陷在惊恐里，真怕某一天突然成真。我希望有一种可以盖住脚趾的凉鞋，可以让我避开这样的尴尬，在我心里，进行着痛苦的选择，父亲一定不知道我的童年有这样的游戏。偶尔我也会想，假如一样长呢，我被自己的想法弄得要窒息，仿佛我一下成了孤儿。我恨那白白的月光，让我敏感的心思无处躲藏。

母亲对我的要求一直很高，甚至有些苛刻。很多次，我呆呆地想，某一天，将来的某一天，一定有一个善良的陌生女子突然出现在我家里，眼泪汪汪地看着我，深情地对我说，女儿，跟我回家，我是你亲妈。

我一生都没有等到那个人。我也没有父亲的消息，我只知道，在某个并不十分遥远的地方，他活着，可能也如同我思念他一样思念着我，但有什么阻隔了我们，而且越来越浓密，直到我们丢了彼此。

4

有很多年，父亲一直缺席我的生活。我读高一的某一个平常的日子，父亲从天而降。

我还记得自己那天的心情，下午放学，我像往常那样回家，一进家门，就觉出气氛有些不对，家里像结了冰，母亲的脸孔板得像刷了一层糨糊。我抬头看到了父亲，他朝我微笑着，笑容有些僵。我愣了一下，好像要辨别清楚我是否在梦里，随即我的眼泪刷刷地下来，哭得要背过气去。母亲说，我又没死，哭什么。我哽咽着回不出一个字。

那个傍晚，是我生命中一段最百感交集的时光。我埋头吃饭，但一粒饭也咽不下去，我用筷子拨着碗里的饭，直到饭都冷了，还是吃不下一口，而眼泪吧嗒吧嗒落在饭碗里。我不敢抬头看他们，但我分明感受到他们的目光，母亲的怨恨和绝望，父亲的心疼和不知所措。在父亲的心里，可能我还是那个六七岁的小女孩，可以轻易就举起来，会趴在他肩头睡得像一只小猪。他似乎没有这样的心理准备，我已经长大，我们的隔阂有些深了。

饭后我去上晚自习，我泪流满面地走在路上，不知道晚自习放学时他还在不在家，我惊讶于朝思暮想的父亲出现在我面前时，我们竟然没有说一句话，只是用眼泪代替了一切。

我简单的心没有想清楚，两个亲人，两个敌人，我到底应该爱哪一个。晚自习后，我一个人走过那座小桥，看到月光静静地照着，河流微微发光，小镇的屋顶灰灰的，有窗口射出昏黄的灯光，我不知道属于我家的那个窗口，我深爱着的父亲还在不在，或许他们已经打得头破血流了，也许都已经死了？我被自己的想法弄得惊慌起来，我狂奔回家，家里很安静，没有看到父亲，好像白天的见面是一个醒着的梦境，我没有问母亲那三个字的忌语，但我寻找的目光泄露了我的心思。

那一晚，我躲在被窝里哭了很久。这一切，月亮都知道。

5

父亲走了。

辗转得知消息的那一刻，我躲到厕所里号啕大哭，哭到一丝力气都没有。那一段时间，我一想到父亲，眼泪就涌上来。他走了，我今生再也没有机会问他一句：爸爸，你到底爱不爱你的女儿？我不再害怕听到答案了，哪怕他告诉我说：我更爱自己。我还是愿意对他说：父亲，女儿永远爱你。

我不忍心伤害抑郁的母亲，我一个人用自己的方式祭奠他。记得我很小的时候，父亲曾在脖子上挂白纱线纪念他的母亲，我也学样偷偷做了一根，挂在脖子上，用高领的衣服遮挡住。每晚洗澡时，怕棉纱线弄湿而解下来的那一刻，我都忍不住泪流满面，但不敢哭出声。直到天气实在热了，我不得不解下它，最后我捧着它，和它说了很多的话。天上的父亲，不知有没有听到?

我的血管里，母亲的血液一定是鲜红的，炽热的，父亲的血液一定是暗红的，温凉的。我甚至觉得，他们的血液一个红一个蓝，它们从不同的方向奔腾在我的血管里，交汇的刹那掀起狂澜。

在父亲的忌日，在不能寐的夜里，我想起那片墓地，想象月光照下来，一览无余，所有不羁的灵魂都安静了。

世间的有些爱，也许一生一世都没有机会说出来，除非把它写下来。

/ 恰恰的阳光世界

大千世界，无人不秀，秀歌喉，秀身材，秀美轮美奂的豪宅，秀花花绿绿的钞票，也秀鸡毛蒜皮的幸福。我来凑热闹，秀一秀我家儿子，纯粹的阳光学子。

小儿小名恰恰。出生不到九个月，就能把“爸爸、妈妈、奶奶”的音发得接近普通话，引得隔壁家奶奶艳羡不已，他家孙子十七个月还叫不利索“奶奶”。真不愧是我的儿子，啧啧。

恰恰从幼儿园到高中，一路顺利，从不让我们操心。

在幼儿园，恰恰是有名的开心果，活泼，爱笑，口齿伶俐，总像小鸟一样叽叽喳喳个不停。和所有的小孩一样，恰恰有数不胜数的玩具，但他最喜欢楼下那堆装潢用的沙子，喜欢玩得灰头土脸地回家。我酷爱儿子的不学无术，从未让他上什么培训班，既省钱，也省心，这样的教育接近我的理想。如果说很多孩子在各种培训班之间穿梭，仿佛被裹上了小脚，那我家恰恰绝对是一双天足。我至今没有任何羞愧，反而对自己能有勇气给孩子这样的自由洋洋得意。

上了小学，恰恰在学习上从未领跑，所谓尖子，是那些每一寸自由都被培训班包围的孩子。因为什么都不懂，每一个知识都很新鲜，恰恰的求知欲很旺盛，小学六年，他一直保持着对新知识的盎然兴趣。到了中段，他的优势渐渐显露，特别是在语言表达上的天分——恰恰越来越像我了哈。作为恰恰的家长，我们曾被推上讲台向全体家长介绍教育孩子的经验，我写好稿子，恰爸去开的会，恰爸的发言据说引起了轰动，会后他被激动的家长围住，大家纷纷取经。我作为恰恰妈妈，曾在孩子的小学阶段做过如下糗事：在儿子完不成作业可能挨批的时候，模仿儿子笔迹，帮儿子做作业；教孩子面对同学的拳头如何还手，并亲身实践，让儿子一试身手……恰恰的小学生活像花儿一样美，他无忧无虑，怡然自得。

初一，恰恰上的是一所很难进的民办学校，即使你手拿很多钱也得托关系排队并小心地看校长脸色。在初中，恰恰住校，依然不改他的快乐天性。全班海选两名阳光少年，恰恰是其中之一。乐极生悲，在晨跑时不慎与同学相撞，左手骨折，上了石膏，不得不回家住一个月，用右手完成的习作《我变成杨过了》，被老师推荐到校报发表。有同行看了这篇习作，欢喜得不行，用了“珍藏”二字，使我记忆犹新。我一贯的辣妈姿态，被人认为最不可思议的言论是：“考试还怕没得考啊，先去旅游要紧！”于是帮恰恰请假，放弃了初一的期末考试，一同去西北旅游了。恰恰失去了评三好学生的资格，并不以为憾。

终于，初三了，可怕的中考。孩子变成了一架做题的机器，考试的机器，恰恰坦然地面对这比高考更残酷的考验。最难忘的是，某天，快中考了，见恰恰已忍着不碰电脑一个月，我真怕儿子憋坏，就很认真地对他说：玩一会儿吧，没事的，不会有事的。儿子很严肃地说：不行，这样会前功尽弃，我要坚持到底。我感动得想哭。终于中考成绩揭晓，全家眉开眼笑，就恰恰很失落的样子，说：我想更好。我们拼命劝慰：已经很好了！我们为你骄傲！恰恰以超过分数线很多的成绩昂然走进了杭州最好的高中。

读高中的恰恰，阳光依旧。他酷爱篮球，我给他订的杂志与学习无关，就订他最喜欢的《篮球》杂志。他最爱科比，以看科比赛球的视频为人生乐趣。在班级里，他带头做研究性课题；为了运动会上为班级争光，会晚自修下课后苦练跳远至晚上十点，每天拖着两鞋的沙子回家；为暑假与同学打篮球呼朋引伴，打半天的手机，大汗淋漓地回家，大喊过瘾。恰恰的世界偶有阴云，有一次他对我说，妈妈，为什么有的人一点不用功还能考那么好？我追问，才知，某次数学大考，题目极难，某生迟到，竟然还考第一。于是我告诉他：你要承认这个世界上是有天才存在的，但绝大多数人的禀赋差异不大，勤奋刻苦是有意义的。

对大学的何去何从，恰恰曾经迷茫了一段时间，后来他选择考新加坡的一个项目，艰苦备战，诸战告捷，不料最后一站被刷掉了，不得不另想出路。他曾很是心灰意冷，以为胜券在握的事，却功败垂成。这是可贵的挫折教育。我们对他很是谆谆教导了一番。最后他选择去了日本，本科四年，学习全靠自觉，年年奖学金，依旧不改篮球这一爱好，还参加大学的篮球比赛，为所在的球队获得亚军立下汗马功劳。除了专业学习，恰恰还参加实验室项目，参加各项活动，考各种证书，为进一步深造做准备。充实的四年，他用自己的实际行动为自己的履历写上了进取而精彩的一笔。

现在他拿着耶鲁大学研究生的录取通知书，将要踏上美国的求学之路，愿阳光依旧照耀，快乐依旧相伴。

/ 记得

三十五年前我小学毕业。教过我的小学老师有十多个，但我只知道其中两位老师的名字，记得他们教诲的点点滴滴，他们是教我四五年级语文和数学的孙老师与袁老师。

孙老师身形瘦削，目光如炬，不苟言笑。他还是我们的班主任，那时候的学生对老师都毕恭毕敬的，在孙老师面前我们更是吓得大气不敢喘。同学们都怕孙老师，他一进教室，目光往教室四周一扫，闹哄哄的教室立马鸦雀无声了，再调皮捣蛋的小子也敛声屏气。孙老师就有这样的本事，不打不骂，让所有的学生都服他，他是小镇上公认的好老师，家长们争先恐后要把孩子放他班里。他上课从不敷衍，哪个学生一走神，就会看到照常上课的孙老师已经站在自己跟前了，不发一言，学生就自觉坐正了。孙老师盯作业那个火眼金睛，没人敢抄作业，记得当年我为造句费尽心思，就怕孙老师坐在讲台上一本一本地翻作业时被点到名。放了学，孙老师也不像隔壁班老师那样归心似箭，他有足够的耐心陪我们，订正作业，上课没听懂的个别辅导，背诵人人过关等等，孙老师不到天色暗下来是不会结束一天的工作的。小学毕业时有全县统测，我们乙班比平行的甲班高了好多分，孙老师说起这个，表情也是淡淡的。

我们既怕孙老师，又都十分喜欢他。记得他教我们划句子成分，在宾语下面划波浪线，他总板着脸说：记住宾语下面要划“狗牙齿”！我们被他逗乐了，咧着嘴傻乎乎地笑，再也没有人忘了这“狗牙齿”。在我们笑得前仰后合时，孙老师还是一副局外人的样子，不笑。孙老师讲课是方言和普通话夹杂着用，有一回讲课文《小英雄雨来》，其中有一个成语“一丝不挂”，我们都不知道意思，就有胆大的学生提出来了。孙老师用方言解释，就是啥也勿穿。我们纳闷，追问，短裤也不穿？孙老师还是一副严肃的模样，答，不穿。我们笑翻了天，连一向文静的我也笑得脸上巴掌肉疼。孙老师又和我们讲成语的妙用，那以后，我们积累成语更加用心了。记得讲蚂蚁搬家要下雨、蜻蜓低飞要下雨这一课时，只要提到小动物，孙老师就会收敛他犀利的目光，情不自禁地俯下身来，带我们进入他小时候的世界。他讲得投入，我们听得专注，一节课总是在不知不觉中结束，下课铃响还意犹未尽。

我记得路灯亮起了，我才出好班级黑板报，每次都是我负责抄写，那时的粉笔好像不太听话，一段内容总要擦净再抄，因为孙老师说过，做一件事，要么不做，要做就要认真做。我记得五年级那次全校的作文比赛，我从教室倒数第二排的座位上起立，兴奋地走向讲台去领奖状，我屏住笑，假装看窗外，蓝天白云，格外好看，孙老师对我说，不要骄傲。我记得坐最后一排眼神忧郁的朱同学，听说他家遭遇不幸，孙老师有一次表扬朱同学，说了一句那时我觉得跑题的话，人的坚强是困难磨炼出来的。

和孙老师搭班的是数学老师袁老师，他也和孙老师一样认真。袁老师比孙老师个头矮一些，是个好看的胖子，他总是笑眯眯的，从不和无知的我们生气。他一年有三季穿泛白的四兜中山装，连领口的那颗风纪扣都扣得好好的，一副整洁的模样。袁老师上课有条有理，用他好听的男中音，缓缓地讲，讲到难点会目不转睛地盯着某个学生，直到那生用点头回应。袁老师不是本地人，他上课不用方言，声音悦耳浑厚，连批评我们时也从不说重话，永远都是和蔼可亲的，我们这些不懂事的小学生在他面前就有点放肆。记得有一回下冰雹，大家冲到雨中疯玩，袁老师去赶大家，身上的白衬衣全湿了，他也没有骂谁。

我们不敢在孙老师那里做的事，在袁老师那里就敢。比如围着讲台，看袁老师批作业。袁老师午间休息时间也在教室里，他批作业喜欢把一组的本子一本一本翻开，然后蘸一下红墨水，在本子上用力打上大钩，最后写上100分。批完一组，他一定会把这刀本子码齐。如果碰到答错的，袁老师捏笔的手就停在空中，目光从滑到鼻尖上的眼镜上方看出来，去翻这本作业本的封面，然后本子主人的名字被他用好听的声音说出来。围观的学生会一声一声传，直到那学生飞奔到讲台接过本子，袁老师一定会和颜悦色地问，是真不懂还是马虎啊，小鬼？有时袁老师就停下批改，和那个学生一个步骤一个步骤地讲析；有的问题并不难，就有学生自告奋勇当小老师。讲台围观是属于我们这帮小鬼和袁老师的幸福聚会，多年以后我还会梦到这一幕。

两年前，我曾写过一篇关于袁老师的小文，发表在《杭州日报》副刊上，结果收到同是袁老师学生的一位老人的来信，问我，你写的是袁关湘老师吗？之后辗转得到袁老师的消息，原来老师几年前已离世，我再也没有机会当面叫他一声袁老师。

我不见孙老师已三十年，前段日子，接到母亲电话，告诉我说，孙老师没有了。我的眼泪忍不住涌上来。教过我的姓孙的老师不止他一位，但我知道，母亲说的就是我敬爱的孙耕阳老师。

孙耕阳老师，袁关湘老师，就像严父和慈母，陪伴我度过了小学两年美好时光。虽然已永久离别，但那些教导我永远记得。

谁在前世约了你

第一次在电影中听到这句话，不禁怦然心动，时隔多年，我已记不清影片的故事情节，却记住了这句问话：谁在前世约了你？我在心里问着自己，答案毫不犹疑地指向他们。

坐在冬日的暖阳里，我随手翻看着学生发来的手机短信，读着感恩节的祝福，心里暖暖的。其中一条短信是十年前的学生孟媛发来的，她对我说："时常觉得自己是个幸运的人，高三那一年遇到您，让我一再地体会，一再地确信，是您用爱心和宽容教会了我生活和学习的点点滴滴，真心感谢您，我敬爱的韩老师。爱您的学生：孟媛。"原创短信在现实世界是很稀罕的东西，何况是毕业多年的学生，这份真情弥足珍贵。我有定时整理的习惯，过段时间就删除一些手机短信，但学生的短信我总舍不得删，直到信满为患，才用笔小心记录学生短信的每一个字，之后心疼地点删除。孟媛曾是我的学生，我只带了她一年，现在回忆她，根本想不起我曾给予她什么特殊的照顾，连她的长相都变得模糊，不看毕业合影，她留给我的只是一个抽象的姓名。一个普通学生的一条原创短信，却让我感动着学生的这份记得，感到自己当年所有辛苦的付出都是值得的。

那些当年让我操碎了心的孩子呢？我不禁想起了小通，其实小通也是我学生中很普通的孩子。前段时间整理电脑，打开学生作文文件夹，在很多文章标题中，我看到了一篇题目为《真想叫你一声妈》的学生作文，于是很多被遗忘的记忆，有关小通的往事，从海底被我打捞了出来。在年岁渐老的今日，我重温那段接班做班主任的岁月，不禁被自己打动了。

小通是一个很有个性的学生，活泼好动，人精瘦，同学们给他一个绰号“猴子”，一般情况下他对大家叫他猴子不反感，情绪上来时六亲不认，柔声细气地叫他大名都不给你好脸色，甭提叫他绰号了。小通的综合表现不是全班最差的，其他课程成绩中等，但作为他的语文老师，我很为他的作文头疼。每次当堂作文，他就在座位上抓耳挠腮，一副苦不堪言的样子，我得把他请到教室外的过道上个别辅导，他才会勉强写到字数达标。至于内容和语言，我不敢对他有期望，真怕自己太难过。有一回，写有关“温暖”的话题作文，小通板着脸说，不会。我把他请到过道单独指导，不管我怎么耐心启发，他都说没东西写。我不得不说得更具体一些：比如，你妈妈如何照顾你？每天起早给你做早饭？你爸爸怎样关心你？你没考好他说什么来安慰你？思路一打开，不愁没内容写。不料小通朝我一白眼，很凶地说：没有，就扭头进了教室，趴在座位上，依旧不动笔。放学后，小通主动来我办公室。那时他平静多了。我记得他强忍着眼里的泪，尽量用平静的语气告诉我：老师，我只记得，我初二那年，我的父亲高举起板凳，把我砸进了医院，我没有感到什么温暖。我吃了一惊，问：那你妈妈呢？她不阻拦吗？小通回我：他们是一伙的。我愣住了。

几天后的一个周末，我中饭后去小通家家访。十几年前，杭州的公交远没有现在发达，地铁还未造，小通家又在城乡接合部，我转了三部公交车，问了不下十人，才终于到达小通的学生情况登记表上所写的家庭住址。对着“16”这个门牌号，我很累，但满怀着希冀，我相信我利用休息日的到访，会给小通带来新的转变，即使不能脱胎换骨，一个振作向上的小通似乎就指日可待。敲了门后，一个大妈出来开门，几句一聊，知道都是出租户，大妈是房东。但任我怎么介绍小通的情况，细到个子、长相、姓名、学校等，大妈都说没有这个租户。我再次掏出学生情况登记表，指给大妈看。大妈说她不识字，她看我也不像坏人，但真的没这个人，也许已经搬走了，真的一点印象都没有。我掏出手机打小通电话，无人接听，再打，依然如此。冬日很短，已过四点，天就有些凉，我的心更冷。我满怀着真心而来，小通竟然写一个假地址来忽悠我，怎不让我心寒！我想马上回家，家里还有未成年的孩子等着我，我不陪自家孩子，转三趟车来家访，怎么也有些不心甘，会不会门牌号记错了？我看登记表上那歪歪扭扭的数字“16”，心想会不会是“76”呢？被熄灭的热情又被点燃，我沿着河边的村道，走了很长一段路，到了“76”号门前。大门敞着，院里的主人在收衣服。一问询，依然是查无此人。我忘记了自己怎样走在寒风里，怎样一步一挪走到公交站台，怎样回的家，我的失望难以言表，我只记得那傍晚的风很冷，像刀一样割着我的身，我的心。

第二天，我已经调整好情绪，我微笑着问小通：能告诉我真实的地址吗？小通很惊讶，知道来龙去脉后，他的表情让我重燃信心。和小通一番长谈，我才知道小通从小到大，从来没有一个老师去他家家访过。以前觉得，某某老师以电联代替家访，像是天方夜谭，在我的概念里，这与撒谎没有区别，现在知道确实有些老师是这样做的，我想他们一定有他们的难处，难得的一点休息时间都被挤占，休息天家访这要求似乎不近情理。但我也知道，一个孩子的健康成长，一定需要成人的辛苦付出，如果家长不能很好地给予，而他最亲近的老师同样不曾给予，那么这个孩子心里可能就没有“温暖”这个词的位置，待他成年之后，他会用同样的甚至加倍的冷漠回馈社会。从小处说，我的每一分辛劳都是积德；从大处讲，我的每一分付出都是对社会的贡献。我高兴地记下小通家的新住址，欣喜地看到那一周小通的变化，我心中的欢喜像冬天绽放的梅花，灿烂而美好。

那个周末，我又一次信心满满地出发，还是转三部公交车，离上周到的地方远了几百米而已。一路上，我想象着小通会怎样说怎样做，我如何表达才能与小通的父母沟通顺畅，达到帮助小通的目的，我也提醒自己，无论如何都要耐心，千万不可急躁。心中揣着这些，丝毫不觉冬日的寒冷。现实的骨感总是超越我的想象，我竟然再次吃了闭门羹！地址还是错的，电话也打不通。我几乎是哭着回家的，我的努力并没有换来小通的信任，或者说，他对我的到访可能带来他父母的转变充满了疑虑，归根到底还是对我不信任。当天晚上，小通来电，告诉我说，他不相信老师真的还会再来家访，他留的是上次租房的地址，他家刚搬家。他在电话里向我道歉，我受伤的心稍稍好些。

第三周，宝贵的周日下午，我再次出发。刚下公交车，我就看到小通向我奔来，他张开双臂，像小鸟一样飞到我身边。他家租的房地段有些偏，很难找，他怕我找不到，就大冷天跑到公交站台接我，竟然在寒风里等了一个多小时。我又一次很想哭，为自己的坚持，这份愈挫愈勇的坚定，更因为小通的转变，我用自己的真心，终于把一个孩子受伤破碎硬化的心，渐渐焐暖。教育是多么美妙的过程啊！那次家访，我和小通的父母交谈融洽。我离开时，小通坚持要送我到车站，他担心我七歪八拐找不到路。暮色四合，寒风呼啸，我们两个走在严冬的风里，我一遍遍地关照他，他也乖顺地一一应允着，多么美好的一段同行啊，我是一个像妈妈一样的老师，他是一个渐渐懂得道理的孩子，我们的心里都温暖着，明亮着。别人的家访记录可能只是抽象的数字，而我，都是实实在在的付出，“家访1人”这样四个字的记录，可能包含着三个下午的奔走，心的劳累，情绪的起伏跌宕，还有扎扎实实的温暖和幸福。

小通的那篇作文《真想叫你一声妈》，就是在这样的背景下写出来的。那时的小通，不再是那个害怕作文的孩子了，他竟然在没有老师指导的情况下洋洋洒洒写了近千字。当时，我读着那些温暖的文字，眼泪不听话地落了下来。今日重读，感动依旧。小通，这么多年，你还好吗？老师当年的教诲你都还记得吗？我教给你的知识，你迟早都会忘记，但教导你要做一个善良而温暖的人，相信你一定铭记在心。

我会因为一篇学生旧作而感动，我也会因为学生简单的四个字的留言而感慨万千。十多年前的往事需要用心回忆才会想起，而新近的教育故事每天都在上演。利用假期批改学生作文，翻到小乐的那篇，看到他在我评语后的留言，上个月的一些回忆渐渐醒来……

一个冬日一节寻常的早读课，我巡视到我任教的班级。该班的班主任胡老师一脸凝重，她把我拉到教室外的走廊上，悄声告诉我，昨天晚自修，小乐他们几个顶撞了校长，问我该怎么办。我听完胡老师的简述，说，你要冷静，冷静，先听听孩子们怎么说。胡老师说，他们自己找校长去理论，态度很差，主任找小乐说了一节课的道理，小乐依然认为自己没错，不道歉。

其实事情不复杂。我校改革，招了两个班的艺术生，学画画。这个年代，孩子大都个性很强，学艺术的孩子尤其我行我素，不要说批评他会怎样，即使不说他什么，有时比大人还厉害，好像全世界都欠他们似的。省联考后的某个晚自修，小乐他们几个在画室搞卫生，地面颜料多，就倒了些水，方便打扫。这时校长巡查经过，就大声地说了他们几句，诸如晚自修不好好自修之类的。小乐不买校长的账，更大声地回应，比校长还凶，其他几个同学急着帮腔，把校长气得够呛。校长把小乐叫到校长室谈话，同学们担心小乐，又闹哄哄地派代表找到校长室。事后，校长找了主任，主任告诉了班主任，主任还找了当事学生谈话，事情依然没有完满解决。

校长虽然不任教我班课程，但怎么说也是老师，是长者，还是一个特级教师，而且我校校风一贯都好，师生关系和谐历来被人称道，如今竟然发生了顶撞校长这样的事，怎么说都是不应该的。我是一个普通的任课老师，突兀地介入也不合适，我需要一个教育抓手。恰好事情过后的第二天有语文课，本就是安排一堂课写作文，我临时改了话题，请全班围绕“不从众，做自己”来构思成文。写之前我没有多辅导，只是鼓励同学们结合自身经历和体验来谈。当堂完成上交后，我迫不及待看小乐的作文，果真，他在文中谈到了顶撞校长这件事，还余怒未消。他觉得，校长更应该做为人师表的表率，他对学生这样凶，学生自然没有尊敬他的必要，云云。小乐是个有些桀骜的孩子，别看他一米八的个子，说话却很孩子气。

我一贯率性而为，很快就刷刷在他文后写了这样的评语：“对话题，你不乏独立的思考，你的观点老师也很赞同。从文章角度说，前半篇的理性阐述和后半篇的叙事表达，最好能做一个夹叙夹议的整合。另，收尾仓促，有未完之感，虽然字数是达标的。从做人角度说，你的有些说法我不赞同。个性有好坏之别，做事的方法有高下之异。如果以老师的完美表现为接受教育的前提，这样未免太幼稚了。人无完人，老师也是凡人。有思想的你，请静心想一想，我说得对不对。在具体的情境中，能保持理性，真正做到不从众，在我看来更高大上，更值得尊敬。”

事情过后第三天的语文课上，我对此次作文做了一个简析：不从众，当众人如何如何时你不从众，做自己，又应该是怎样的自己，好些同学并没有深入思考；在这样日新月异的时代，保持个性依然是值得肯定的，但个性有好差之别，那些好的个性自然要保留，而坏的个性应该毫不留情地舍弃，拿来主义，或使用，或存放，或毁灭，不好的个性自然在毁灭之列；人是社会的人，好的个性也应该有个度，如果太过张扬，甚至发偏，给周边带来坏影响，势必给自己带来困扰，不见得是好事；在众人失去理性的时候，你能保持清醒，不冲昏头脑，这才是好的个性。我完全可以不这样说，你说好，我就跟着说，好好好，于我丝毫没有什么损失，但我还是当众这样说了，虽然我知道我的有些话并不动听，这就是我，一个教师的，不从众，做自己……下课铃响的时候，我话音刚落，听到教室里响起了掌声。

尽管我每一句都在谈作文，尽管我没有一个字讲到同学们敏感的“顶撞校长”这件事，尽管我看到了学生晶莹闪亮的目光，但我还是不敢保证，我已经真正说服了小乐他们几个。在我看来，教育不是一句道歉就算完美收尾的，只有学生心里真正说服了自己，懂得了道理，这件事的结局才算美好。我忐忑着，不知道小乐看到我的评语会是什么反应。这个个性张扬的孩子，有时会钻牛角尖，全然不顾老师的一片苦心。我甚至想象，小乐拿到作文本之后，当众撕个粉碎，或者质问我，和我理论，他有可能把这当个性，也可能写上两页反驳的话，在气头上完全不考虑用词，把我气个半死。有时候，我都不知道孩子们会有什么反应，他们总喜欢给我措手不及。全班作文本下发，新写的作文上交，我急切地打开小乐的本子，我看到在我评语后，小乐写下的四个工整的字：“感谢！谨记！”一股暖流涌到心头，觉得两年多的教育不是无用功。我认为好的教育，就是润物细无声，学生明白事理水到渠成，而不是靠权威压服，不是一句道歉的话简单收尾。

谁在前世约了你？是他们，我陪伴一到三年的孩子们，我的答案总是这样唯一而执着。一条感恩节的原创短信，一篇学生的旧作，四个写在评语后的字，都会引发我的无限感慨，让我用这些朴实的文字记录下这些感动。感谢你们，让我的今生过得这样忙碌充实有意义。

辑四 日常

三月的那个傍晚，在寂静的城郊，一个我不知道姓名的陌生人，帮助我渡过校外那条春天的小河。一种也许可以称之为感动的东西，在春天的暖风里，在陌生人明净的善意里，慢慢苏醒。

/ 去会一棵树

从1数到1500，想想这个过程，我就一阵眩晕。1500，是一棵银杏树的年龄，杭城最老的树，在还没有苏堤白堤的时候，它就扎根在五云山上了。

连着四年，到秋天，不管有多忙，我都要抽空去会那棵树。渐渐地，这不再是一种一般意义上的探望，倒像是老友的重逢，一年见一回，喜悦充盈。

早就听闻杭州有这样一棵古树，一直无缘亲见。那年，学校组织了一次到十里琅珰的徒步活动，从上天竺上山，走走停停，说说笑笑，一个半小时，到五云山顶。第一次见到这棵银杏，可以说震撼到失语，只知仰望这棵树，从不同角度与它对望。历尽沧桑1497年的银杏，树干分两半，中有较大空隙，曾遭雷击火烧，至今仍可见焚痕。

第二次去见那棵树，显得有些隆重。先是呼朋引伴，结果一个个爽约，再是终于说动一个大学时的室友为一棵树而上路，结果到中途，室友嫌爬山太累，我也跟着转到植物园看了一回菊花展，就悻悻回家，又错过了这棵银杏，遗憾自己这年注定要在那棵1498岁的银杏一年中最美丽的时候与之擦肩。有时，一个人和一棵树的缘分，真是说不清道不明的。那夜，我辗转反侧，难以入眠。好不容易睡去，竟梦到了那棵树。第二天起个早，6点多我已在奔赴五云山的路上。这次打算从云栖竹径上山，台阶约1400级，一般40分钟能到顶。时间太紧，倘若不快走，极有可能耽误上课。

那棵在我的梦里招引我的银杏啊，与我开了一个玩笑。到玉泉，想换乘到云栖的公交车，才发现首班是8点发车，一时又打不到的，于是，我欣然迈开大步，走灵隐路，转龙井路、茅家埠，蒹葭苍苍的感受，居然比西溪还鲜明。龙井茶园，茶树开花了，本白色的单瓣花瓣衬着鹅黄或老黄色的蕊，有怒放的，也有羞涩的花骨朵，煞是好看。行走在茶园，鼻翼满是空气的香。终于到达云栖竹径，发现时间已十分紧。我几乎是一路小跑地上山，1400级台阶呀，我气喘如牛，汗水直淌，又担心回去堵车，还担心打不到的，想中途折回。虽然茂密的竹木和蜿蜒的道路阻隔了我仰望它的目光，但那棵五云山顶的银杏，似乎隔着群山也能望见我，它在深情地呼唤我，于是我继续上台阶。

上山费时40多分钟，中途几乎没有歇一歇。终于见到了那棵银杏。深秋，原以为叶子该落得差不多了，不料竟比我想象的要多得多，我的疲惫一扫而光。该用怎样的语言描述我那一刻的心情！面对1498岁的银杏，心头竟涌上了一句歌词：我的眼里只有你。1498年啊，人世间有多少沧桑变化，它都一眼一眼地看着，风霜雪雨，寒来暑往……我的脚踩在层层厚厚的银杏叶子上，看到自己变形的影子，拍了一张照片，感觉自己也成了薄薄的一片叶子。有时我困惑所谓能量守恒物质不灭，那已不在的人或物又去了哪里？树站在那里不言也不语，我不知道，我来生能不能做一棵树。

下山我一路飞奔，连跑带跳，1400级台阶，费时19分钟。我挥汗如雨地出现在学校时，离上课只剩15分钟。这一次，一个来回，2800级台阶，只为见一棵树。

第三次去见它，是去年，省略了约伴的过程，没有焦灼的等待，一得空就上了五云山。感觉这么近，又感觉那么远，我用目光捎去疑问，1499岁的银杏啊，哪里是时间的起点和终点？你借片片黄叶，把答案寄到了时间之外，明白不争朝夕和过去言和，心甘情愿与时间妥协。我用目光和扑腾扑腾的心问候你，你用随风飘落的黄叶一阵一阵地应和我。那一刻，相看两不厌，只有银杏王。

今年再去，感觉像过年要团聚一样平常。巧的是，今年和去年是同一天去会的这棵树。我把两年的照片放一起比照，发现短短的两年，相较于1500这个数字而言，太过短暂了。也许只有这棵树知道，这一年对于它的意义。

/ 听雨

立秋已过，未见秋老虎踪迹，因这一阵阵雨，把地火都浇灭了，于是安享难得的清凉。这样的早晨，适宜什么也不做，闭起眼睛，听雨。

像很多春蚕在吃桑叶，仿佛置身江南农舍，白墙黛瓦，马头墙，屋内阴凉，木架支开，一张张竹匾里，起先只见桑叶未见蚕，刷刷刷过后，绿意少了很多，才看分明蚕宝宝。像清风吹过松林，有阵阵的涛声传来，好似看见那些水流，淌过原野、山石、沟壑，拂过碧草、落叶、浮萍，迫不及待奔流向前。细听这雨声，终究不似蚕吃桑叶，阵阵松涛，在一整片密密匝匝的声音里，交杂着城市的喧响，远方有车流滚滚，车轮飞驰的声音，偶有喇叭声，也许雨点和泥点飞溅，有撑伞的行人的话语声……近处，一两声鸟啼，混进这片交响，不胆怯，透着顽皮。有雨柱从屋檐落下，滴在谁家的露台，可能是靠边沿的花盆里，那花盆那檐角，有着硬物的不包容，雨一碰到就粉身碎骨，把自己跌成很多瓣。

我家阳台昨日又开一朵仙人球花，那朵花朝向外，倘若雨滴滴进花瓣，这几小时的怒放是不是会延长一点时间？夏天的雨，是任性的，正盼望它能久些，它却赌气不下了。我静听，声音里没有了一点湿润，城市的交响混沌一片，很快，雨霁，连草上都不见一颗雨珠，真怀疑刚才是做了一场梦。

雨在江南从来不是什么稀罕物。秋雨来的时候，总像带着神圣的使命。雾霾太重，空气太干，来一场雨吧。秋雨好似听到了召唤，款款而来。人们的欢喜却总是短暂，雨后天不见蓝，雾霾不见消散，先前的欢喜都变成了嗔怪，该死的雨。“留得枯荷听雨声”，李商隐又要这样感慨了。秋天的时候，我没有空闲这样感慨，也没有时间躺着听雨。钱王祠的菊花开了，要去赏花，要去拍照。满觉陇的桂花开了，要去嗅花香，要去喝一壶。植物园的秋天是最繁盛的，要花有花，要果有果，缺的是时间。杭州的秋天特别短，每一个周末都安排足了，找不出一点闲时，可以安静听一场雨，那雨里夹杂着桂花的甜香吧？夜来的时候，白日里奔波劳累的身体终于放平了，雨，也躲起来了。很多年，我都想在秋天听一场雨，哪怕几声，都不可得，那太奢侈。秋天是属于收获的，日子是用来奔波忙碌的，甚至没有时间分

撑了伞走路，听不到雨飘在
伞上的声音，但走一段之后，收
了伞，一甩，湿漉漉的

享秋收的喜悦，因为下一个季节已经大驾光临。

江南的冬天，雨，名正言顺是配角，人们更渴盼一场雪。雪是冰的朋友，它们抵达江南时常常带着一丝傲慢。冰冻的时候，雪来的时候，不管男女，无论长幼，人们倾城而出，拍照，堆雪人，打雪仗，或者仅仅是在雪地上安静地走走。在白色雪被下，能看到娇艳的各色花，只有在江南，鲜花才这样与白雪相遇。人们的惊喜，那初冬的雨可懂得？雪走进我的梦里，悄无声息，而雨就不同。下雨的周末，知道脏衣物不必急着洗，有些安排可以往后拖一拖，就安心在床上懒一会儿。冬雨，听来有些分量，砸在水泥地上，砸在屋顶上，特别是砸在阳台的铁栏杆上，就在我床头窗外，那分量感受得分明，也许雨知道，再冷一些，它就到了头，所以要趁现在用力地下。冬至那日的雨是不招人讨厌的，俗话说，“冬至落雨过年晴”，人们等着春节的晴好时光。很多的时候，冬雨是一场雪的前奏。听着听着，声音变得有些锐利，惊觉雨点已成了雪子，很快一场雪就高调张扬地到来，全城热盼一场全民的狂欢。冬雨知趣地退出，只留一些有分量的声音在我的耳畔。

春雨是最为人所讴歌的，像“天街小雨润如酥”。春到江南，桃红柳绿，草长莺飞，再多的好词都形容不出。春日融融也好，春雨绵绵也罢，即使是不晴不雨的阴天，盎然的生机都噗噗地冒出来，每一寸空气里都有春的气息，就该生长，欢笑，除旧布新。春雨是最寻常的，飘雨的时候，心不耐烦只是安静地听，似乎就该这样，张着眼东看看西瞧瞧，好像自己还是懵懂的婴孩。雨滴飘在绿茵茵的草坪，不见太阳，却依旧能看到雨珠闪耀在草尖上。雨滴飘落在湖水里，一圈一圈地荡漾开来，从小到大，从有到无，重叠的涟漪，像一串串春天的笑窝。雨落在任何地方，都轻轻地，悄悄地，好像蹑手蹑脚走路的小姑娘，唯恐惊醒了春天的美梦。撑了伞走路，听不到雨飘在伞上的声音，但走一段之后，收了伞，一甩，湿漉漉的。毛毛雨时，不撑伞，能感到雨丝渗透的欢喜，一寸一寸地，润进肌肤。春雨有时会耍小孩脾气，好像叫人不要小瞧了它的轻，哗啦一声雷，雨点借势大起来，让没有带伞的人措手不及。尽管如此，“春雨贵如油”，春雨总是让人欢喜的时候多。

我真心想让雨做一回主角，但它习惯了陪衬，分明有些不知所措。我听雨的时候，风在干什么？春天它温柔地吹，真怕一不小心把细细的雨吹跑了；夏天它怕热，躲在柳荫里歇息，连和雨打个招呼都懒得；秋风一起，落叶乱飞，秋雨淅沥，不会太张扬；冬天一到，把热闹交给冰雪。云是不甘寂寞的，它俯瞰这一幕幕，不禁为雨抱屈起来，一朵云追上另一朵云，要成全一场轰轰烈烈的雨。云终究不懂雨的心思，连博大的天空，也看不透雨。这一年四季，这一个个轮回，雨安心做自己，不急，不争，不怨。年少时听雨，总有些随意，我是不觉得雨的丰富的。年长些再听雨，颇有些为雨不平，怨其不争，该和风一样和云一样，吸引众人的目光，做这个世界的主角。听雨，春夏秋冬，人到中年才听出，不急的淡定，不争的从容，不怨的本分，对人来说是几世修来的福分。

听雨，很带着一点闲的味道。是啊，终于可以放下手头的活，安静躺着，或者坐在靠背椅上，雨一心给你的思想做背景，任由你天马行空驰骋。不去想我付出多少，我又得到了多少，不去想过去怎样，将来会如何，不去想来不来得及，别人会怎么看，人的心思都在一片雨声里。听着听着，声音好像有了颜色，有了形状，像一匹匹布，在你的脑海展开来，春雨是一匹华丽的丝绸，夏雨是一段厚重的织锦，秋雨是一卷绵柔的羽缎，冬雨是一块平和的棉布，它们以时间为经，以大地为纬，日复一日，年复一年，织就了这样五颜六色的世界。很多时候，忙里偷闲的闲，是最惬意的。你明知忙碌奔劳是不可挣脱的宿命，却在一年中的某一天，偷得片刻闲，自觉比那些无事忙的人多了一点体悟，感谢雨的恩赐。

人们习惯把闲和愁关联起来。听雨，就该是某个深闺女子，厌倦了大门不出二门不迈的日子，仰望高墙，听雨点落在芭蕉上的声音，一点愁，一点愁地洇开来。像蒋捷那样的男子，也曾听雨，“而今听雨僧庐下，鬓已星星也。悲欢离合总无情，一任阶前点滴到天明”。僧庐下，夜听雨，鬓已白，多少愁，欲说还休。季羡林的听雨，却听出了久旱逢甘霖的喜悦。愁也好，喜也罢，都是烟云过眼，享受每一个当下，坦然接受每一种安排。听雨，不欢喜，不悲愁，同时又是满满的人生体味；对欢喜，对悲愁，明白了之后的云淡风轻，就不必追赶什么，该来的终究会来，不必怅惘什么，不属于你的迟早会失去，这一来一去，你双手紧握的，何尝不是一个空呢？雨知道，不要轰轰烈烈，不羡慕光芒万丈，不患得患失怨天尤人，又满怀期待和感恩，期待下一场雨，安静地下，在属于它的季节，用它欢喜的方式。

用这样的心来听雨，想来雨是永不会寂寞的。

/ 一块土地的七个瞬间

我有时是一个冒痴气的人，对着地图的某一页，我可以痴痴看半天，带着一种纯粹又饱满的热爱，仿佛真的行走在山水间，何况鲜活的风景呢！我手上的七张照片，是我冒痴气的一个佐证。

我所在的校区，地处城乡接合部，周边的建设可谓轰轰烈烈如火如荼。从去年秋至冬，短短的四个月，是时间的沧海桑田，也是空间的天翻地覆。批作业累了，或做课件久了，我喜欢站到走廊上，稍稍舒展一下筋骨，看南边的小河与菜地，用手机定格下这一个个平常的瞬间，差不多是半月一拍。一旦把这些照片放在一起比对，你会听到时间的脚步声，你会感受到某一种东西瞬间刺穿了你的心肺，有一丝疼痛掠过，莫非那就是生命流逝的无奈？

第一张照片。10月的午后，阳光和暖，照在围墙外的菜地上，没有摘尽的棉花，点缀着墨绿的叶子。一株柳树，叶子还是比较浓密的绿。目光越过小河，只见整齐的菜畦，种着些青菜、萝卜、芥菜。一个农人正弯腰在地里劳作。就看那深深浅浅的绿，竟有季节还是夏末的错觉。挖掘机开来了，绿色渐渐少了，褐色的泥土，看着很肥沃的样子，被铲斗搅来又拌去的，运上车，去卖钱吧？——城里难得再有这样的熟土了。不久的将来，这里又将矗立起一座座楼房，土地也将不记得有多少菜蔬曾在此萌芽、生长，绿油油的色彩也将成为回忆。旁边的河汊，缀满一层嫩绿的浮萍。河汊的尽头，有两丛高大的树，一丛蓊郁苍翠，一丛稀疏枯黄。

过了半个月，还是一个晴天。棉花被拔完了，剩下光秃秃的四畦地，不知道有没有种下种子。那株柳树，叶子黄了一些。在午后的阳光里，河水呈现出一种浑浊的青黄色。相连的河汊已被强行隔断，河面不见了浮萍。菜地里的菜蔬，稀稀拉拉的，想来地的主人也已放弃它们了——等不及下一茬菜蔬长成，只怕高楼就快封顶。

又半个月过去了，是一个多云天，能见度不见得好，午饭时间，理应是光线最充足的时候，也无法看得更远，仿佛有一层纱阻挡了我投向远方的视线。柳树旁的半畦青菜，已经被它的主人割了。挖掘机累了，刚驶离现场，留下明明暗暗深深浅浅的车辙。又一层土已永远离开它们的家，湿湿的，好像流过泪。

等到十二月中旬的时候，正午，晴天，青菜的主人已开始割第二畦菜了，打过霜的青菜糯糯的甜甜的，好吃。那株柳树，几乎掉光了叶子。最让我吃惊的是，两丛树木竟少了一丛！在远处看不真切，推断一下，该有十来株树，都有四五层楼那么高，就这样无声无息地没有了！我的心好像被剜掉了一块似的。

十二月底的一天，塔吊杵在了那里，一副傲慢的样子，在河里能看到它的一截倒影。那株柳树绝望了，叶子更显稀疏。菜地的主人已草率地处理了他的菜地，那四畦青菜一片狼藉。那若有若无的白，是一层霜，到中午时候远看还看得见。

才过了几天，年前一场小雪，雪霁，上午八点不到，阳光给河边的衰草抹上了一层金色，寒风吹皱了河水，残雪有耀眼的白。

等到雪化，雾霾就来了，一月中旬，几台挖掘机开始肆无忌惮地扫荡那片地。那株柳树的最后一片叶子也已凋零……

我用粗糙的照片和粗略的文字，记录了这片土地的七个瞬间，短短四个月的变化。不禁感慨，白云苍狗，才一百多天，多少东西已永远消失，十年呢？一百年呢？一千年呢？一万年呢？留不住的是时间，改变不了的是这样的现实，这个世界每天都在变化，都在变老。

我在绿中

我在绿中央，绿在我心里。这是我每次在学校附近散步时都会涌上的感受。

几年前，学校异地重建，我和很多人一样，心里很是抵触了一阵，但渐渐地，我接受了现实，渐渐地，我觉出了在城乡接合部的好来。尽管高楼大厦在日夜蚕食着学校周边的绿地，但那些蓬勃的生命，总是这样见缝插针昂扬地生长，全然不顾什么现代化，我真的爱这些天然的绿。

午休时间，我一个人出校门，满心欢喜地扑进这满眼的绿里。在江南，很少见到这样繁杂不规整的地，他们没有法定的主人，也许你先到，拿几条粗粗细细的绳子，绑四个木桩，圈的这地就暂时归你了。你可以种瓜，种菜，搭棚子种豇豆、葫芦，如果地势低洼，可顺势种些茭白。我就有家在学校附近的同事，顺利圈到了两块地，种了几畦菜蔬。季节一到，这些绿，理所当然就是土地的主人，只知道一个劲地往上蹿，可不管主人是谁，也从来不管明天是不是会有挖掘机来连根铲除了它们。

那些天赐的生命，在我的眼前随心所欲地铺展开来。芋艿的叶子，青翠欲滴，很有滴水观音的派头；茄子的叶，上有明显的紫色茎脉，带着尘土和沧桑的老绿，似乎只为突出那几根茄子炫目的紫；玉米高人一截，纷披着柔曼的绿，昂首的骄傲模样；不远处那是葫芦，羞涩地在层层的绿叶下偷乐，阳光下可见一层细短的白色绒毛，让人想起特写里那些婴儿的皮肤；苋菜的籽没撒多久，芽就从地里钻出来了，那种嫩嫩的绿，似乎掐一把就是一抔水；茭白种在一洼水里，高高低低，粗粗细细，很不齐整，一副散淡的样子；还有毛豆、豌豆、豇豆、黄瓜……这个季节的菜蔬，此地几乎全有。野花野草是不甘寂寞的，随意散落在瓜菜间、田埂上，点缀那一片片绿，还有成熟后收割的蒿菜，晒在塑料袋上的蚕豆，枯褐色的，接近土地的颜色。油菜已经收割，齐茬茬躺在绿草地上。这些生命怎少得了虫子小鸟蝴蝶？也许你端详一朵花时，一只不知名的小虫子，正专注地趴在花蕊上小憩；也许当你徜徉绿间乐不知返之时，抬头一看天，几只小鸟正矫健地掠过菜地。蝴蝶在飞舞，鸟儿在欢唱，校园附近的几株大树，在叶子落光时能看到燕子的巢，天气慢慢暖了，绿意渐渐浓了，直至燕窝完全隐在绿叶中。

有一老农模样的人在田间劳作，和老人闲聊，才知是退了休的城里人，他身板挺拔，精神矍铄，丝毫看不出已年近八十，老人感慨，接地气好啊。在这样弥漫着青草香的绿里自由自在地走，走啊走，双脚踩在这样野草铺就的绿地上的舒适感，和踏在水泥地上的感觉截然不同，真不忍离开。阳光播撒下来，所有的生命都在尽力吐故纳新，我仿佛能听到玉米拔节的声音，如果有足够耐心，看一朵野花怎样绽放，你一秒钟都不会耽误。

放学后在校园漫步，总有这样那样的惊喜在等着我。绿茵茵的草坪上，有星星点点的浅色，定睛细看，居然是小蘑菇，纤弱的茎，颇有豆芽的气质。石榴，绿肥红瘦，开花的开花，结果的结果，红的红来绿的绿。枇杷，不得不低调，树龄不长，结的果小小的，没有炫耀的资本。葱兰，四季皆绿，冬天的时候，把宝蓝色的果子藏在绿叶里，不撩开根本发现不了，此时，它们默默开花，那种浅紫色的小碎花，很是让人怜爱。皂荚有些落寞，叶子新绿，果子亲近泥土，原本诱人的黄色被时间的魔手抚摩成了黑褐色，很像哪个傻小子不小心撒了几颗巧克力豆在绿坪上。我知道哪块地方有新鲜的苔藓，哪棵树下有一块硬币大小的蘑菇，哪朵月季开黄花，哪里又有很多被蚯蚓钻拱

那绵延的绿，即使在酷
暑在深秋在寒冬，似乎都可
以触目而为满目葱茏

过的泥地……我总陷在这样平凡的感动里，不断回味，无限享受。

下班等车的几分钟，这块葱茏的土地，也会奉献给我们一些趣味，最难忘的是钓小龙虾的场景。那些长长短短深深浅浅的沟渠，只要有过小龙虾的种子，这个季节就有钓不完的小龙虾。有人拿了钩子，上挂一截蚯蚓，很快地，红色和绿色的水桶底就装满了小龙虾。听说小龙虾很笨，用一粒肥肉，能钓起一串小龙虾，甚至光钩，它们也傻乎乎地上钩，别看它们在桶里张牙舞爪的样子。放学的孩子，接送的家长，等班车的老师，几十号人就这样在夕阳西下的时候，在浓密的绿毯边，兴趣盎然地钓着或谈着。

那绵延的绿，即使在酷暑在深秋在寒冬，似乎也可以触目而为满目葱茏。

我在绿中央，绿在我心里。

/ 渡过春天的河

寒假短得像兔子尾巴似的。一眨眼，开学已经一周。这天轮到我管理晚自修。晚饭后见时间尚早，我一个人出去踏青。

一出校门，就能见到正在建设中的各式高楼，郊外那些花花草草，见缝插针地生长。我沿着小路往外走，时不时能看到一小片的绿色，农转非的居民难舍一辈子的土地情缘，在还没有被侵占的空地上撒一把种子，绿色菜蔬好像知道这是自己的最后一个春天，一个劲往上长，真是滴绿滴绿的诱人。各色的花散在田野里缤纷，豌豆的、蚕豆的、菜心的自不必说，更多的是我叫不出名字的野花，这里一丛，那里一簇，把我的心情点缀得像花儿似的。正是夕阳西下的时候，朝着落日的方向看，建筑的剪影别有一番写意的美，那些塔吊、挖土机之类的，使得房屋比平常所见的多了造型。我拿出手机，一路走，一路拍，对着那些无名小花，俯拍，侧拍，远拍，近拍，忙得不亦乐乎。

我自信时间来得及，最迟六点进校门，能赶上六点十分的晚自修。一般散步，我事先都有大致安排，比如有一个小时空闲，我走出半个小时后就立马折返，能确保不耽误时间。这次散步我不准备如此，校园围墙外有一段是小河，我只要回望能看到学校的标志性高楼，绕着那高楼走，大半圈后就能见到一座老旧的桥，印象中是两块五孔板搭建成的，我走过桥，走百来米就能从边门进校园。只要六点前走进校园，我就铁定不会迟到。这样的安排不走回头路，能多看到一些春天的风景。

三月的风，软软的，暖暖的，我解开棉袄外套的扣子，一个人走在城郊的田埂上，忍不住唱起歌来，“走在乡间的小路上，暮归的老牛是我同伴……”，看看四周，不见老牛，也不见一人，我便放胆高唱起来，整个田间成了我一个人的演唱厅，边唱边拍，歌词记得颠三倒四，也不计较，要的就是这份快乐。手机拍得只剩一点点电了，当时也没注意到，这样忘我的境界，在我年龄渐老时，真是越来越稀罕了。“多少落寞惆怅都随晚风飘散”，是啊，高三的教学压力，只有经历过的人才懂，短短几十天后，我和我的学生们将迎来高考，寒窗十二载，压力前所未有的大，唱歌能帮我解压，美景让我暂时忘却疲劳。走在乡间的田埂上，我真正明白那词句，“沉醉不知归路”。

待我看表时，已经接近五点五十分。我怀疑自己的手表，也怀疑自己的眼睛，天色并不暗，我抬起手腕定睛细看手表，还是不信，再看手机，果真是六点差十二分。我急匆匆往小桥跑去。

天啊，断桥！我惊出一身冷汗。我不知道这桥是寒假拆掉的，还是去年早就拆了，我只看到原址位置新桥并未建好，也许附近的居民不再需要这座桥了，也许因为这桥太过古旧，有安全隐患，反正，我见到时它已被拆了！剩下两头，有很短的一截挂着，还能见出曾经有过一座桥。怎么办？怎么办？过河！过河！当务之急，晚自修千万不能迟到！循原路返回，注定迟到，不能。作为一个有二十多年教龄的老教师，我以遵守校纪校规为荣，倘若因为踏青太沉醉而导致晚自修上课迟到，对一个优秀教师来说，怎么说也是难以接受的理由。我急得在原地跺脚，脑子在急速地想办法。

找人代班？快，找人。地处城郊，找人是个难题，今晚有管理晚自修任务的，我自然不能再找他们。我脑子转得飞快，把晚餐时在食堂碰到过的同事飞速过了一遍，很快想到某某年轻教师，马上给她打电话，请她救急。正在这时，我感受到贴身处的手机震颤了一下，有一种不妙的预兆，像触电似的传遍我的全身。我拿出手机，傻眼了，手机没电了！居然自动关机了！这时我才后悔拍照太过忘我，把手机的电用光了。

找电瓶车捎带一程？我的手机包里有一百元钱，付钱也可以，不怕贵，只要不迟到。偶尔有电瓶车飞一样驶过，那应该也是一些和我一样赶着上晚班的人。而此刻，我环视四周，一个人影都没有，别说什么车了。能看到学校的高楼，离我的直线距离不过百米，但因为一条不宽的河流，咫尺成了天涯。

急中生智，我想加个助跑，从残桥上跳过去，但我很快否定了这个脑残的主意。老桥的两端是残存了一点五孔板，但摇摇欲坠的样子，很不保险。河道宽宽窄窄的，最窄处，我目测应该不止五米的吧。再说，我对自己的跳远水平实在不自信，小河即使不太宽，也不至于我一个年近百半的女子一跳就能过。万一掉下去呢，那是要出人性命的大事啊！我差不多是几秒看一下表，那秒针的每一次颤动，都引发我的疯狂心跳。

马上电话通知丈夫，叫他开车送我？校外只有一条大马路，别的都是田间小道，我就是跑到大马路上，可能也要不止十分钟吧。现在就是直升机来救我，只怕也来不及了，我一个优秀教师的一世英名，就要毁在这个春天！我像热锅上的蚂蚁，在河岸边原地打转，想，迟到又怎样呢？迟到一次又会怎样呢？但我终究说服不了我自己。

六点差五分了，神啊，快来救我！

仿佛得了神的召唤，我突然看到不远处有一叶小舟在向我飘来。

暮色似乎是在短短的几分钟里降临的。这一幕，像小说中的情节，更确切地说，像聊斋故事，现代版的。此时，我恨自己平时读书不少，想象力丰富，自己吓自己，吓得头皮都炸了。那小船，无声无息的，坐着划船的人，也是安安静静的，他在用网兜打捞河面的漂浮物。不会是聊斋，我定了定神，想起曾经在学校附近看到过这样的告示，周边河道的保洁包干到人，是兼职，并把一个个名字列在标志牌上。

时间一秒一秒过去，眼见着快六点了，我的心脏怦怦地响着，只能求助这个陌生人了，我别无选择。我知道这是一次冒险，不仅因为我求助的对象是一个陌生男子，还因为是在这样暮色四合的时候，在这样少有人影的郊外，我是一个长得不难看的女子。

我站在岸边，急切招手，朝着不远处的小船喊："师——傅——"

小船划过来，是一个面目和善的中年男子，我甚至有一秒的错觉，感觉他像我曾经任教的班里某个学生的父亲，那是一张太普通的脸，一点特征都没有。

我着急地解释和恳求着。师傅还是不说话，但小船很快靠岸。我知道是默许，就猴急地爬上船，船太小，有些不稳，我紧张地半蹲着，想起《鸿门宴》里"按剑而跽"这句话，那是很戒备的一个动作。如果师傅是歹人，最坏的结果是我掉到河里，河水应该不是很深，但一想到自己不会游泳，立马起了一身鸡皮疙瘩。

对于我来说，和陌生的师傅面对着，隔着不到一米远的距离，那短暂的几秒钟，真感觉度秒如年。整个世界那么静，我光顾着紧张了，一时找不到合适的话题。假如师傅开口说话，哪怕一两个字，可能我的紧张会消解掉一些，但师傅只管划船。也许师傅是哑巴？也许师傅已经微笑招呼过了，我太紧张没有注意到？船在师傅娴熟的划动下，很快划出半个圆圈，没划几下，就靠近了对岸。船一停稳，我连滚带爬上岸，气喘如牛，心好像要跳出胸膛，我平静了两秒，转身对一直不说话的陌生师傅道谢。师傅仍然平静地调转着船头，安静地划桨，继续打捞河面漂浮物，好像刚才助人为乐的一幕与他无关似的。

正好六点，我向学校大门飞奔。春风暖暖的，吹到我出了汗的身上，有些痒痒的，心里却爽爽的。三月的那个傍晚，在寂静的城郊，一个我不知道姓名的陌生人，帮助我渡过了校外那条春天的小河。一种也许可以称之为感动的东西，在春天的暖风里，在陌生人明净的善意里，慢慢苏醒。春天，真的来了……

/ 花草三题

借我一只手

杭州郭庄，看月季花展。园中有湖，名为苏池，各色月季沿湖一圈摆放，好像给一镜开天的苏池镶上了一圈彩边。是个晴天，又恰好是周末，游人挤挤挨挨，“长枪短炮”，纷纷对准那些花，含苞的，怒放的。我挤在卧波桥上小心地往前挪步，赏花，偶尔也用小相机拍一下花。

就在这时，我听到一个温柔的声音对我说，借我一只手。是一个年约半百的陌生女子，她微笑着，用手里的相机示意我。我微笑着响应，伸出我的右手，轻扶一朵绽放的月季。在她拍下的那一瞬，我也用心赏了一幅画：一朵粉嫩的花，一只属于陌生人的白皙的手。然后道别，分头赏花。

由平淡突然绚烂，没有大惊喜；由绚烂走向萎谢，也没有太忧伤

两个月后，还是郭庄，看荷花展。是个雨天，游人不多，我撑伞徜徉在卧波桥上，对着初放的荷花，脑海里突然飞过陌生女子的那句话：借我一只手。

借我一只手，多么美好的一句话，对着陌生人，用温柔的语气说出来。听了这话的人，必定不会拂逆了这份纯净的善意，只会乖乖地配合，伸出一只手，对着一朵花微笑，用相机留下这一瞬的美丽。借我一只手，多么温暖的一句话，她相信我不会拒绝，我相信她没有恶意，想必这世间没有冷漠、仇恨和杀戮，你看，陌生人之间都这样温情脉脉其乐融融。

我沉浸在回忆里，想寻到一个人，可以让我温柔地说出，借我一只手。但我失望了，要撑伞，要拍花，不是花未开，就是手太苍老，我终究没有遂愿。离开郭庄时，我不禁感慨：借我一只手，何尝只是一句话一朵花的缘呢？

花木都是哲学家

家里有几盆养了三十年的仙人球，子子孙孙的，用的花盆越来越多，每年春夏，就争先恐后地开花，一拨一拨，从五月开到八月。

花开的日子，是我的节日。从刚长出黑色的花苞开始，我就忙着给花拍照，发微博，和好友分享，也忙着一日看三回，和那些花儿对视，因为我知道，花儿从盛放到萎谢，不会超过二十四个小时。有时刚看时它们还是羞涩地紧闭着花瓣，矜持地伸着颀长的花骨朵，待隔了两小时再看，呀，都开了！好像和我玩捉迷藏，就是要趁我不备，趁着夜色，呼啦一下，全盛开。它们绝对活在自己的欢喜里，旁人的眼光是无需顾及的。

它们喜欢在安静的半夜开花，有点孤芳自赏的味道。虽然和昙花长得有些像，终不及昙花名贵，但绝不缺“苔花如米小，也学牡丹开”的那种气度与精彩。假如花也能写下这一行行的字，想必每一笔都是努力和安稳。一到季节就开花，也不在意很快凋零。最多的时候，一拨开了二十多朵，把我家的小阳台变成了小花园。花儿享受沉静时光，一年中有三百六十四天都在积聚力量，直到那一日，隆重地绽放。生命是顺其自然的过程，也该这样竭尽全力活出自己。

一位写诗的朋友问我，开花前和开花后比，仙人球有什么变化吗？花儿不到二十四小时就蔫了，耷拉下来，惨不忍睹，一般我都会用剪刀把花连茎一同绞了，在老绿色的球体上，会留下芝麻大的眼儿，花越多，洞眼就越多。过几日再瞧，都是刺了，已经分不清哪些是原先的刺，哪些是花谢后新长的。人们习惯了对伤疤念念不忘，仙人球花则不然，绝不一蹶不振，待来年，又如期盛开，好似去年的伤不曾经历过。

由平淡突然绚烂，没有大惊喜；由绚烂走向萎谢，也没有太忧伤。所谓波澜不惊，所谓淡看云卷云舒，仙人球花的境界，绝对是我们很多人很难企及的。

岂止仙人球花如此，春天的红桃绿柳，夏季的半湖荷花，秋天的山间银杏，冬季的雪中蜡梅，哪一种不是这样的呢？花木总活得这样寂静而欢喜，任四季轮回，依旧安然淡然，它们为人生做着示范。

我说，花木都是哲学家，想来你不会不赞同吧？

含羞草

记得小时候，含羞草似乎比现在常见。几个小伙伴一发现杂草堆里隐着的一丛含羞草，先是惊呼，然后围着草蹲下来，一双双小手小心地伸出一根食指，轻轻一点羽叶，含羞草便羞怯地合拢了叶子——这种植物的动态变化太让人着迷了。

几十年后，去年春天，当我在台湾的中台禅寺附近见到一棵大树下不起眼的几叶含羞草时，仍像小时候那样，蹲下来，一指轻点。它太纤弱了，我都不忍心再点第二下。我的孩子气举动吸引了同游的人，他们也和我一样来自大陆，只是他们是一家出游，我是一人出游。接下来的事情完全出乎我意料。先是孩子说要这含羞草，接着孩子的母亲在一旁捡了一截小木枝，麻利地在含羞草的根侧抠啊抠，然后孩子的父亲出马了，开始解一串钥匙中的那把剪刀，最后我忍无可忍开始制止——我真后悔让这些人知道我的发现——我说，你这样即使挖出来了，带到家里肯定也蔫了，养不活，再说，你这样过不了安检关，登不了机，何必呢。孩子的父母终于停止了他们野蛮的挖掘工作，孩子也没有再提非要不可的要求。我暗松一口气，这纤弱的草啊，终于没有死于自私者的魔爪。

有时，我们太爱那些美丽的事物了，特别是那些既美丽又看起来微不足道的东西，比如一棵草、一朵花、海边的一颗彩色石子，就控制不了占有的欲望，只为自己或家人，看一片绿，送一缕香，留一份美丽。结果呢，这绿这香这美丽都不持久，花草离开了它的土壤，又能有几天新鲜？石子离开了海滩，也许最终也是被随手丢弃的命运，为什么不让它们待在属于它们的家，继续它们的美丽？在旅行中，我们干了多少出于爱实则害的事啊！

在离开中台禅寺前，我又一次蹲下来，用手固定了含羞草根侧的土，手指轻触，羽叶快速收拢。假若还有机会再来，我会找寻长在中台禅寺停车场的大树下的这棵草，是不是还在？叶片是否还绿？有没有开花？当我几个月后到三亚一游，在天涯海角景区意外遇见开花的含羞草时，不禁又开始想念那株差点毁于游人之手的含羞草了。

/ 在那里，在这里

病中谈死亡，我对此没有什么忌讳。

严重肺炎导致呼吸衰竭而死，这样的表述若用在我身上，多少有点滑稽。我一直以为，我若离开，也应该是勇救落水儿童，或是与闯入校园的歹徒英勇搏斗，诸如此类的壮烈牺牲。病死，和吃饭被一个饭团噎死，或喝水被一口水呛死，是一样地让我鄙夷。人固有一死，或轻于鸿毛，或重于泰山。病故，且因为众人认为挺一般的肺炎，无疑要被纳入轻于鸿毛之类。虽不奢望重于泰山，但总得比鸿毛重吧。

同病房的两人先后出院，新进来的两个病人，咳嗽声此起彼伏。环境不是我喜欢的，但心静了，也不苛求什么了。在门诊输液十二天，手背上的乌青至今仍未褪去，住院输液我选择了留置针，扎一针可以保留三到四天。留置针扎在手臂上，很快成为我身体的一部分，没有任何不适感，除非有时下意识地双臂交叉，才惊觉手臂上有个异物，它终归不是属于我身体的。注射液一滴一滴温柔地滴进我的静脉，我相信它们的力量，正一点一点把我往生的方向拉。在众多检查中，CT 的恐怖感渐渐浅淡，原来气管镜才真的是恐怖体验。先在一张写明许多严重反应的检查单上签名，久候之后进入放满仪器的房间，屁股上扎一针，然后口对那台名为“爱呼吸”的机器，按照医生的要求正常呼吸——我知道那是麻醉，最后躺到床上，遮住眼，吸氧，管子伸进咽喉，向下……我本能地作呕，呼吸困难，本就是半叶肺严重炎症，痰液阻塞了气管，吸气困难，呼气也艰难。医生在旁不住地劝慰，我想大喘而不能，突然想到：死亡也不过如此，竟平静了。出来后听人说，气管镜比胃镜还要难过十倍。

病床上的时光显得格外漫长。有时看电视，有限的几个频道，被邻床的病人按过来又揿过去，刚才还是康熙御驾亲征，一睁眼，东宫西宫换了魂魄，一会儿又是主持人与专家在热烈谈论如何保胎，昏睡一段，再睁眼，容妃被马桶压死了，韦小宝在东蹿西跳……时空错乱，世界倒也不无聊。有时昏睡，竟然有梦，我要过一座桥，奈何桥么?不见这样的字，在密林蓊木中的这座小桥，栏杆被藤蔓密密地缠着，即使有字，必遮住了不能见。一阵人声把我拉回人间，住在走廊上的病人和护士在一问一答，那病人声如洪钟，竟不太像病人。想再回到

病一次，心情并未灰一次，这样想，死亡，原来你在这里

梦境里去，看看清楚到底是怎样的一座桥，辗转反侧终归回不去。

还好有书相伴。感谢木心。早就买了他的一套书，八本，只抽空看了一本，住院期间可从容地读，圈点，做笔记，苍白的日子突然斑斓起来。别人怎么说木心，我不管，那些杂糅着文言、方言与外语的腔调，是我熟悉的，“吃过夜饭”“闹忙中”，你若是地道的南方人，一定和我一样感受亲切。“忙了半个月。工作不能由旁人顶替，最好有人代我吃喝，代我睡，代我上洗手间，抽烟不必代，自己来。”读到后几个字，我不禁莞尔。木心，真是一个可爱的老头。

年轻时想，死亡，原来你在那里。我手指着遥远的未来，遥到不可及。病一次，心情并未灰一次，只是这样想，死亡，原来你在这里。手不必指，如在眼前。说得从容。

/ 是一滴水，滴进时间的海里

1

喜欢看这样的画面：一滴水，滴进一片水里，将要触碰到水面的瞬间，定格。我的日子，也像一滴水，悄无声息，滴进时间的海里。

越来越喜欢混沌了，树脂镜片该换了，却懒得去换，就这样糊里糊涂地看人看物，时间久了，糊涂竟也成了享受。是时间，让我不把较真当成认真，对世事多了理解，对他人不再苛求完美。

世界上的修行，如果没有时间的参与，终究有些索然寡味，幸好它一直在。

2

同事家住一楼，有一个小园，种花种树，那株白兰花一到季节就芬芳四溢，每日早起，她便到园里摘花，一捧一捧，都是含苞欲放的，分给同事，你两朵他三朵，芬芳就播散开来，自己的掌心即便已没有了花，依然有诱人的香。

我从她手里接过白兰花，嗅了嗅，眯眼，陶醉了。过后，没有像某些人那样用细线把花坠在衣扣，一走动，就有若有若无的香。我随手把花放进包里，忘记了。

很多天后，整理包包，发现了它。一朵洁白素雅芬芳娇嫩的白兰花，变成了暗红炽热的干花，没有了芬芳，有的是生硬的触感、桀骜的棱角。

没有比时间更神奇的魔法师了。

3

写文很多年，自己真没有多大长进，还搭进去这么多时间，这个想法让我有些沮丧。什么东西都会远离你，只有自己与自己终生相依。那一篇篇文，不忍心回看，有时忍不住回去瞅两眼，竟感觉不像是自己写的，不像是写自己的，脸红，暗恨，只好藏起来了事。

想明白了一点：文中一时的情绪，会被文字放大，走样，至不堪。写着也没有什么意思，写完了快乐很短，泄气很长，还是看书有趣。

是时间过去，让我回归理性，读写相长，自有乐趣在其中，否则哪能无怨无悔坚持读写几十年呢?

对于写字的人来说，少想有用还是无用，少了功利心，快乐就会来敲门。

我等了几十年，也享受了几十年，绝无贪心，不奢望得到更多。

人生说到底就是一场浪费，但能够浪费在读写上，还是美好的。

4

重读董桥。那本1996年买的书，690页，居然要二十六元八角。不明白自己当年怎下得了手。按照工资比，这书放在今日该500多元一本。这么贵，想想都肉痛。

但还是值得。那篇小文，让我笑了很久。董桥写他跟五岁多的女儿对话。女儿说：那么台湾人也是中国人，台湾的人一定也会打乒乓球；还有，台湾的人都会唱歌！董桥说他也在台湾待过，自己怎么不会唱歌。女儿说："你是个大傻瓜嘛!"看得我哈哈大笑。那以后的几日，我一想到这处，就憋不住笑。我泪点低，笑点也低，对幽默的感受力就停留在欣赏《读者》中页的程度。

高手的文字，就是这样接地气。时间过去多年，董桥也是七十多岁的老人了，我不管别人说要读董桥，或者说不要读董桥，我只知道，当我读他的文字时，内心是欢喜的，这就够了。

是时间，给了我这样的笃定。

5

还是读书，一杯自己做的酸梅汤，一片安静与闲适，放从丽江带回的碟，坐在椅子里读林徽因传记:《喜欢你是寂静的》。

这个出生在杭州陆官巷的女子，她的一生，薄薄的244页就叙述完了，何况文字是这样的疏疏朗朗。想起花港观鱼里的林的塑像，写意，空灵，有很大的想象空间。似乎太过细密的文字是写不好林的，要写她就得留白，就得4行才写14字。“以清丽之姿将一世杳渺光阴活得极热烈、极丰盛、极漂亮。”她早已走出时间，却依然活在我们的世界里。

一本书，用一天的时间读。赠册是林的经典作品集，《你是人间的四月天》，160页，三天，仍未读完。喜欢你是寂静的，如林的诗中所写：“当我去了，还有没说完的话/好像客人去后杯里留下的茶……如果有点感伤，你把脸掉向窗外，/落日将尽时，西天上，总还留有晚霞。”

6

开始畅想暑假，除去各式培训，留下来可怜的那点闲暇时间，可不可以来两次让自己心动的旅行?

这几天，二十五度左右的温度，湿度也宜人，说不出的舒心。这样的时光，不要读书，不要干活，不适合做任何大众认为有价值的事，只该发呆，只该醒着做梦，游手好闲，那才对得起这样的好时光。

西湖边的第一朵荷花开了。这是杭城夏天的重要新闻，要是秋天，就等待桂花飘香。上周去西湖边一走，走了半圈，才觅得四朵荷花，还都是含苞未放的。今日得闲一走，竟然盛放了不少，断桥边那片尤其多，耸立的花骨朵就一抹淡淡的红，好看，那些绽放的，片片粉嫩花瓣，娇娇的，看时得凝神屏气，好像你一喘气，都可能把花瓣震落。那些散落在荷叶上的花瓣，总让人感慨。

是时间，短短七天，就完成了荷花的一生。

7

一个人的旅行，会上瘾。美丽的风景，是罂粟。

到一个陌生的所在，安静地走，安静地想，连满目的喧嚣和繁盛，似乎也成了默片。这样的人生，值得一过。

每一朵花开花败，与我无关。每一朵花开花败，都与我有关。每一次对视，每一次触摸，都是今生珍贵的记忆。也许来生我就是那一朵花，或是停在花上的那一只蝶，飞越沧海，不管沧海有多辽阔。

如果自由的梦想能实现，就好好享受这个过程；如若不能，也不惋惜，云在青天水在瓶，都是时间赐予我的，当珍惜。

8

“老实说，离开一批朋友，认识一批新朋友，这期间往往使一个人觉得一个人活着实在没有什么依靠。这个念头在我的脑子里发酵。慢慢地，我竟不太敢再把太多的感情放在朋友身上了。我竟不断地约束自己，提醒自己不要太感情用事，太放。”董桥如是说。

有些朋友迟早会淡出我的生活，像一滴水，滴进时间的海里。时间真残忍。

/ 在火车上看日出

很久没有完整地看过日出了，所以选择了一班夜车回杭，火车从前半夜开始咣哧咣哧翻山越岭，一直到第二天早上7点多才能咣哧到杭州，不管火车怎样晚点，应该不会错过一次完整的日出。我喜欢K字头火车里那种人间烟火的味道，有限的拥挤，天生的亲和，一到站，没有矫情的道别，就自然而然完成了一次与一群陌生人温暖的擦肩。

凌晨4点半，醒来，车窗外漆黑一片，连路灯都很稀罕，就再眯睡一会儿。待我再次醒来，5点刚过，天微微有点光亮，偶尔能看到山林曲折的线条。5点15，东方天空突然有了色彩，温暖的橙黄，炫目的橘红，深沉的蓝紫色，把几朵云渲染得如梦一般。我起身到两节车厢连接处，霸着一扇门，虽然上半个窗户的玻璃蒙着灰尘，但那些美丽的颜色仍然骄傲地扑向我的眼帘。

唰唰掠过的山林、村庄、庄稼，还有一根根电线杆，似乎都欢喜地醒来。天空的暖色越来越浓烈，由原先的一线、一条，变成了一块、一片，有时它们被树木隔断，有时被旁边轨道的相向而来的列车阻隔，世界瞬间沉入灰暗。5点22，东方的半个天空都红了，只是不见太阳的脸。我心急得想捋开那些阻拦物，把每一寸霞光看清楚。列车飞速前行，一直奔着太阳开，有一瞬间，太阳应该在车头的正前方，我在两旁车窗极目眺望，都只能看到霞光与蓝天的一点边角。

5点33，终于盼到了香烟火那样的一点滚烫的红色。太阳要出来了，我恨不得在过道上跑起来，伸手去接住那一点红！才过了两分钟，太阳的半个脸就跳出山林的暗影，鲜艳地朝着大地笑，霞光万丈，云彩顿时黯然失色。那一瞬间，我有一种错觉：太阳是个顽皮的孩子。也许是对着太阳久了，我的眼睛竟有些湿了。

5点40，太阳升起来了，整列火车的旅人大多已醒来。我们都活在平常的日子里。

如果只顾埋头走路，会错过很多美丽。如果不能开始一个人的旅行，就很难听到自己内心的声音。安静地享受，多么宝贵。

/ 望月

我自小对月情有独钟。年少时，每次仰望月亮，总让我浮想联翩。待某日，看到权威报纸上的一篇文，说的是月的圆缺和某些人的心情好坏关系紧密云云，从此更认定自己和月有不解之缘。读了一些诗文，经历了一些世事之后，对月多了一些认识。此刻，望月，满城清辉，我思想的野马开始驰骋……

最熟悉的是诗人笔下的月亮，那三个可以用“伟大”来形容的诗人，在浩瀚的诗河里留下关于月的璀璨浪花。

“长安一片月，万户捣衣声”，李白那晚的月光，穿越时光的河流，一直流淌到今日。“床前明月光，疑是地上霜”，在孩童稚声的吟诵里，在故乡的井床上，在游子的心坎上，那片月光，也明亮地闪耀了千年。杜甫诗作沉郁顿挫，月亮也让他沧桑的心暂得安宁，“江月去人只数尺，风灯照夜欲三更”，月夜停泊，江景安恬；月亮也让现实的诗人放飞想象，“斫却月中桂，清光应更多”，若砍去月桂树影，月光该更加明亮吧？月亮，高悬天上，也入了白居易的诗，“可怜九月初三夜，露似真珠月似弓”，弯月初升，露珠晶莹，夜色朦胧；“松排山面千重翠，月点波心一颗珠”，西湖春绿，珠光微漾，情怀依依，没有了这月会逊色很多吧？

有人考证，李白的诗歌中有200多首写到月。岂止是这三个伟大诗人用他们的妙笔记下了月的华章？翻开那些诗书，咏月的诗句像出笼的鸟儿扑棱棱地翩飞起来，其中我最喜王维和苏轼的。王维的《山居秋暝》，“明月松间照，清泉石上流”，明月映照着幽静的松林间，清澈的泉水在碧石上流淌，颜色、声音，动态、静态，一个宁静安详的理想世界呈现在我的眼前，我仿佛踏入了这样的松林，沐浴着这样的月光，听到了这样的水声，内心澄净了许多。还是这个王维，“独坐幽篁里，弹琴复长啸。深林人不知，明月来相照”，独坐在幽深的竹林里，一边弹琴一边对天唱歌，深林中没有人与我做伴，只有天上的明月来陪伴我，诗中的月多么有情啊！淡泊宁静的心情，清雅绝俗的境界，怎么可以少了月？王维写月，多少带着些禅味，这样富有禅意的生活与我们凡夫俗子的日子似乎相距遥远。苏轼的就不一样了。这月“转朱阁，低绮户，照无眠”，“但愿人长久，千里共婵娟”，是落到人间的触手可及的诗意。在《赤壁赋》中，“月出于东山之上，徘徊于斗牛之间”，客曰“挟飞仙以遨游，抱明月而长终”，苏子曰“惟江上之清风，与山间之明月，耳得之而为声，目遇之而成色，取之无禁，用之不竭，是造物者之无尽藏也，而吾与子之所共适”。是那一轮明月，让苏轼愀然，引发主客问答，一篇抒写身处逆境仍豁达超脱、乐观随缘的赋随之诞生，那忘怀得失、超然物外的境界，让人悠然神往。

我沉浸在写月的诗文带给我的美好享受里，每一次望月，都是对经典的梳理，都是对美好的回味，然不经意翻阅的一段文，让明月披上了朦胧的纱，在文化学者眼里，月亮又是什么呢？读台湾蒋勋的书，他讲到“检视古老幻想里的集体潜意识”，嫦娥奔月和后羿射日这两则神话，可能隐藏了一些集体潜意识。长久以来，我们的民族对月亮有极大的幻想，才会有嫦娥奔月这样极美的神话，而太阳就不同，看到太阳就想到要射下来，是不是潜意识里我们并不喜欢太阳？太阳象征一种压抑，白天逃不掉工作辛劳，所谓日出而作，日落而息，太阳消失了，月亮出来了，人们才可以休息，幻想的翅膀就是在休息时打开的。我被蒋勋的说法吸引，沿着他的思路想下去，月一直挂在天上，白天人们低头辛苦劳作，休息时抬头望月，幻想联翩，于是出现了嫦娥奔月、后羿射日等神话传说，写月的唐诗宋词各式美文出现……1969年，人类登陆月球。诗意被一点点地剥夺，月亮似乎显得清晰起来，但神秘是它无法揭掉的标签。我试着用潜意识解读诗人们的爱月情怀，总觉力不从心，也许在我的心底里，一直渴望月继续被人歌咏，这层面纱不要被无情地揭去。我们的生活已经够实在，够残酷，如果连那一点幻想带来的慰藉和欢喜都消散不见，是不是太残忍了呢？

自从我爱上看纪录片后，这种残忍不可避免成为现实。从诗人眼中的月亮，到文化学者眼中的月亮，于我已是一种思想的跨越，然而一到科学研究者眼中的月亮，便是一种接近残忍的颠覆。

纪录片，我想，应该是对真实情况的一种客观记录。看完一些片子后，我又希望那是我的误解，现在的某些所谓纪录片，其实应该算加入了社会因素的纪录片。什么是社会因素呢？为了提高收视率，增加竞争力，用的虚构、夸张的文艺手法等。比如在某个关于探月的纪录片里这样说，在美国宇航局解密的一份秘密声明中，他们宣称所有二十五名参与阿波罗登月任务的宇航员都曾经在月球上空遭遇过不明飞行物UFO，片中还指名道姓说，“美国前登月计划负责人韦赫·冯布朗生前也说，几次阿波罗的登月任务都遭到某种地外神秘力量的监控”，还有UFO专家声称，月球黑暗的另一面，其实就是好几个外星生物基地，只不过美国人登月的时候，向世人隐瞒了事情的真相，而外星人，不仅月亮上有，地球上早在20世纪中叶就发现了他们的踪迹，同样美国人也向世人隐瞒了真相。看到此，我不禁悚然，那层覆盖在月亮上的神秘面纱揭开了一角，让我看到惊惧的东西，没有神话的美，没有诗文的诗意，只有失去安全感的冰冷。

李白笔下的“举杯邀明月”“暂伴月将影”“我歌月徘徊”，月有万般风情，我疑惑，这和研究者眼中的月亮是同一个月亮吗？为了揭开疑惑，我上网找寻关于月亮的知识。月亮是月球的俗称，是环绕地球运行的一颗卫星，它也是离地球最近的天体。月球永远都是正面朝向我们，另外一面，月球的背面绝大部分不能从地球看见。不被我们看到的月亮的另一面，难道真的如纪录片中所言的那样吗？还是因为，一些未知让人类展开了幻想，纪录片的编导为了博取眼球以讹传讹？

网上搜索得知，月亮并非自古就有，距今大约4000年，亚历山大里亚大图书馆的第一位馆长在他留下的文献中这样写道：“古时，地球的天空中看不到月亮。”不知这位馆长，这样写时可曾喝了酒？或者，这是一个喜欢写诗的馆长，也有可能，4000年前的文字，现在的人们解读出了错，更大的可能是，现代某人断章取义。如果此说是真的，那么月亮出现距今已3000多年，否则《诗经》中“月出皎兮，佼人僚兮”这类句子，就是陈国人的想象了。网上还说，人类关于月球的起源，一共提出了三种假说，“月球被捕获说”“地月同源说”

和“地球分裂说”，到目前为止，三种假说都没有取得强有力的证据，因此产生了第四种假说“月球——宇宙飞船说”。这似乎给外星人在月球背面提供了很大可能性。值得庆幸的是，月球以每年几厘米的速度远离地球。几十亿年后，月球会离开我们。几十亿年，太遥不可及，所以庆幸也微乎其微。

诗意的月亮，文化的月亮，科学的月亮（姑且这样称），说的是同一个月亮，但给我的感受是截然不同的，唯美、享受，神秘、向往，可怖、探究的渴望，这些不免纠缠在一起。当我仰望月亮，诗意占据心头时，尘世繁杂统统远离；蒋勋的说法涌上心头时，会心一笑；纪录片中的话语一闪现，诗意遁逃无影，神话消失无踪。我是不是该咒骂这该死的纪录片呢？

假如没有了月，那我们这个世界又会怎样呢？

诗经时代的采诗官摇着木铎，在乡间小道上徜徉，但他再也听不到“月出皎兮，佼人僚兮”这样的深情歌咏。李白不会月下独酌，他点着了灯，举起了酒杯，也没有邀约明月，只好对着天空那点点繁星，所谓“对影成三人”，就像是喝醉了之后诗人的梦呓。没有了明月，王维笔下的松林，该是黑魆魆的恐怖吧？苏轼与客泛舟，光与影的和谐也荡然无存吧？什么“月是故乡明”，什么“我寄愁心与明月”，什么“江清月近人”，什么“秦时明月汉时关”，统统是诗人的杜撰。

美丽的月神嫦娥没法奔月了，天上倒是有星星，可惜那么小的星，放不下广寒宫月桂树，只怕嫦娥的宽袖一挥，就挥得没影了。登月计划纯粹是子虚国的乌有事，什么外星人，韩剧看多了吧？最痛苦的是跳广场舞的大妈，她们视为天籁的《荷塘月色》的美妙旋律还会不会响起……

想到此，我不禁哑然失笑。的确，没有了月，这个世界的诗意会少很多，我们的生活会是另一种样子。不管是诗意的月，文化的月，还是所谓科学的月，无论是感性成分为多，还是理性占了上风，不可否认，月是我们生活不可或缺的一部分。诗意的歌咏和理性的探究交杂在一起，让我们看到月的很多面，这就是真实的月。随着时间过去，肯定会有更多的未知被探索发现，但同样不可否认的是，世界仍有很多真相在我们能知道的之外。生命不息，探索不止，这是人类的使命。

歌者要唱了："都是月亮惹的祸"；诗人会吟："皓月闪烁在树林"；连钱钟书都要借他小说中人物的口深情款款来一句："这月亮会作弄我干傻事"。我不禁要傻傻地问，月啊，到底什么才是真实的你？

月，高悬天上，不语。

辑五 心动

我已经过了“为赋新词强说愁”的阶段，对形形色色的秀也缺少热情，但我越来越欣赏杨绛的话：世界是自己的，与他人毫无关系。我愿意做的，只是，记下自己心里响的那一下。

寻面记

1

面的前生，注定是一个传奇。

穿越4000年的风沙烟尘，北方，原野，春天醒来。在前一年的秋高气爽天，土些软细乎，上虚下实，铺好苗床，静候小麦的入土。一场轰轰烈烈的等候，带着春的蓬勃、土地的心动。

终于，走过夏的炙烤，麦苗由青转黄，风吹麦浪，如绸般在原野波动。镰刀盼着收割。收麦如救火，朝掌心猛啐两口唾沫，镰刀挥动，嚓嚓嚓，黄澄澄金灿灿的仰望者，立马诚实地匍匐在大地上。一种植物特有的香，和着汗水的气息和秋阳的味道，在温暖地蒸腾，蒸腾。

面仍在跋涉中。细看一个麦穗，像凝望一个桀骜的王。诱人的金黄，昂首直立。穗轴每节都生着一枚小穗，顶端有芒。举起它，对着阳光，穗芒和光芒交织，仿佛在无声地诉说着自己有生以来国王般的骄傲。放一粒麦粒在掌心，感受皮肤和它的温柔触碰，心弦被轻轻拨动。此刻，它离一碗面，还隔着万水千山。

麦粒有些迫不及待。磨粉、加水、搅拌，搓、拉、捏、切、压，很多丰富的动词被出神入化地引用，人手巧制，人们在面上头的智慧总是不断被超越。待它们或宽或窄，或长或短，或扁或厚，安静地回归本色，那些嗜面如命的人，期待一场惊艳的饕餮。

水沸腾起来，各式调料备齐，味蕾欣欣然，做好迎接的准备……面的传奇才拉开帷幕。

2

童年一碗面，魂牵梦绕四十年。

人说北方面条南方米饭，生为地道的南方人，我却对小麦面情有独钟。我曾经简单地把这归结为我天生的北方情结，但在记忆的海里打捞，童年那碗面被不动声色地从幕后推到了台前。

四岁？五岁？老人的回忆不甚清晰，我通过他们零星的词句连缀成关于我童年生活的一个片段。我和父亲到三伯家做客。那时的人们，普遍少油水，饥饿的肠胃对一切食物充满真实恳切的好感。

猝不及防，年幼的我和一碗拌面相遇。翠绿的葱花，馋人的热猪

那夜，一碗面，一碗乡愁，入梦来

油，油滋滋香喷喷光亮亮的一碗面，我双手捧碗，两眼发光。父亲手持竹筷，小心地挑起两三根面，放到嘴边吹一下。我的嘴巴已经急不可耐，凑过去，一口咬住了筷子，猪油的鲜香，酱油的酱香，在这些香里穿梭的葱花的气息，活泼泼地和我的味蕾相遇。我来不及咂摸其中的滋味，面条已被我吞下了肚，我的辘辘饥肠开始咕咕直响。

一旁的三伯慈爱地看着我，明知故问，孩子，面条好吃吗？我腾不出嘴来回答，只顾点头。那是我今生吃过的最为美味的一碗面。

现在每日的早餐，依然是雷打不动的一碗拌面，且是食堂里的独一份，不要常人艳羡的养眼的娇绿葱花，也不要众人啧啧称赞的淋在面上滋滋响的喷香的猪油，只要碗底一勺普通的酱油，和浇在面上的一点香醋。看大锅里扔进一团面，那几十条互相缠绕的面条，一扑进沸水，就开始了它们自由舒展的沉浮。长筷子拨拉几下，只一两分钟，面条就告别沸水，被盛在碗里，端放在我面前。喜欢这种自然而然的简单，没有多余的动作，更不必耗费一句话。这种一气呵成，这种安静肃穆，情不自禁会生出庄严的感觉来。

如今，父亲已经入土，慈祥的三伯，昨天刚得到肺癌晚期确诊的消息。每次相见，我终究开不了口，求三伯再为我做一碗面。我知道，那碗面，今生再也无法复制。

3

一个人的旅行，也往往是寻面之旅。我一直期待着，在万水千山的行走中，我和一碗面不期而遇，那碗面里有我童年的味道，有我四十多年真挚不变的情怀。

到扬州，徒步五六个小时，游了瘦西湖后，我在大街上随心游走，寻觅一家有缘的面店，等待一碗扬州炒面。就是它，素朴的门面，干净的陈设，微笑的伙计。面，扬州炒面，少放油。一会儿，它被摆到我面前，安安静静。浇头的红椒、葱段、鲜笋、肉丝，都被切成寸把长的细条状，或隐或现在面条里，和谐而从容。浇上醋，挟一筷入口，有麻油的香、菜蔬的鲜，细细地品，有绍酒的绵、有白糖的甜，但那些外在的调味掩盖了面条的本味。它不是我苦苦等待的那碗面。

飞到重庆，尝担担面。那时我已经习惯了素食，各式荤腥诱惑不了我的胃。我拨开浇在上头的肉末，挑几乎不粘着肉末的细薄面条吃，酱香浓郁，咸鲜微辣。我的嘴巴赞着它的好味道，我的心却还惦记着童年那碗面，再好吃它也只能排第二。

游武汉，尝热干面。到北京，吃炸酱面。玩河南，点一盆原汤三鲜烩面。在三亚，我吃了一碗山西人做的刀削面。在成都，尝尝担担面和重庆的有何不同。所谓的中国五大名面，我一个人都用心品尝过了。那些美味，仿佛有灵，它们使出浑身解数，从色香味各个角度对我的味蕾发起冲击，但我的味蕾顽固地守卫着那碗无法复制的面。

不可否认，在台湾吃的那碗牛肉面，终究有些特别。应我的要求，侍者给我上了一碗不放牛肉的牛肉面。面条在棕色的老汤里沉静地躺着，没有葱蒜姜任何调料，因为台湾的醋和大陆很是不同，在我吃来分明是可乐的味道，不得不放弃，就这样，我和一碗最本色的汤面相遇。拿筷子用心挑起几根面，小心地放到嘴里，耐着心细嚼，一种相隔久远的属于小麦属于北方属于阳光的麦香，和我的味蕾，一见倾心。我的眼睛突然有些酸，隔山隔水的，我竟在台北重温童年那碗面的滋味。但很快，牛肉的味道固执地挤上前来，麦香退后，我的泪没有涌上来。

我一直梦想着，有一刻，我捧着面碗泪流满面。我至今没有等到，我遇见的各地面条，都离美味很近，而离故乡，很远很远。

4

曾在成都昭觉寺邂逅一碗素面，软滑柔韧，无比素朴，是今生难忘的记忆。

我与寺庙一向有缘，天籁梵音，檀香入脾，那种舒泰安详，是在别处很难体会到的。心烦时，一到寺庙清净地，烦恼顿消；平常时候，喜欢一个人安安静静到寺庙走走，庸常的日子也有了莲花芬芳。

游走到成都，傍晚时候，去著名的千年佛寺昭觉寺。大门已关闭，我从边门入。恰僧人用餐时间，购券排队，一碗素面，都是四元一份。我和几十个年老的男女一同安静地排队。大锅里的面条，比平日食用的稍宽稍厚，也许因为在锅里久了膨胀之故，总之有一种不同于往常的色泽。面被盛到家常的海碗里，是那种白底蓝边涂釉料的中等大的碗，上有一个蓝色的工整的“昭”字。面条没有什么陪衬，安静地躺在素淡的碗里。旁边有一些瓶罐，装着红油等调料，已被众人舀了很多去，有的瓶只剩瓶底的一些红亮了。我什么调料都不要，清汤寡水，端着碗，走到另一个用膳处，找一处无人的桌凳，轻放那碗面。从不远处放筷子的地方取了筷子，轻步回到座位。那是一种半个世纪前常见的竹筷，竹子的本色，连清漆都没有上过。手捏竹筷，我心里的期待呼之欲出，怀着一种从未有过的虔诚，尝第一口面，似乎我应该举行一个隆重的仪式，让我与那碗面的重逢顺理成章，更具纪念意义。事实上，那是我之后回忆它才有的情感，当时，我什么也没想，只听到自己怦怦的心跳。入口，清淡、软滑，面条的本味在唇齿舌之间醒来，素朴到好似天天相见。青灯孤影，餐餐素面，对无甚物欲的心灵来说，这是未来可以接受的一种安排。

在一个香烟氤氲的所在，入门不见寺，十里听松风，我和一碗素面，相看两不厌，我在心里觉得它的口感已经无限接近童年那碗面，不知是记忆的偏差，还是因为年龄渐老怀旧的缘故。

5

杭州有一家面店，延续着关于面的传奇。

每天只开半天，不管有多少人排队等着吃那碗面，过了中午主人绝不流连，锁了店门，心安理得享受自己的好时光去。那一碗面，因着稀缺的缘故，更多了一些想念的滋味。

排队，终于等到了，那怀想已久的一碗片儿川。我认真端详它，普通的瓷白海碗，细长面条上的浇头，雪菜是新鲜的黄，笋片是鲜嫩的白，连精肉片也是新鲜而细腻的肉色，随意的几挑葱段点缀其中，一种宠辱不惊的从容做派。夹一筷子面条，提起来，有整齐的美感，零星粘在面条上的雪菜，不规则排列，一缕缕属于厨房烟火的香温柔地钻进鼻腔，被吸入肺腑。咬一口，温和，筋道，滋味直白而坦荡。嘴里吃着这碗面，问自己，为什么我的心还在怀念那一碗呢？

想到父系的老人中仅八十四岁的三伯还在，风烛残年，听闻老人已经吐血，他没有力气再为我做一碗面了；想到堂哥堂姐，几十年与我情同陌路……我终将成为孤儿，悲怆汹涌袭来。我的故乡，一年年、一月月、一天天，在无情地沦陷，我赤脚也追赶不上它消逝的脚步。前方是渺茫的白，回望，也看不真切，怪眼泪不听我的使唤。

那夜，一碗面，一碗乡愁，入梦来，一个亲切的声音追来：孩子，面条好吃吗？

/ 响了N下

1

有时我只写下一千字，但可能我为此记了一万字的笔记，可能因此阅读了两万字的书刊，可能因此思考了不下三万字的话语。

我这样表述，只为表明，我对文字充满了敬畏。即使是那些在旁人看来寡淡乏味的东西，在我，都是思考了、阅读了、笔记了之后用心呈现的。

我已经过了"为赋新词强说愁"的阶段，对形形色色的秀也缺少热情，但我越来越欣赏杨绛的话：世界是自己的，与他人毫无关系。我愿意做的，只是，记下自己心里响的那一下。

读作家东西的文章，他说他的写作就是身上"响了一下"。那一瞬间，我的心也不禁动了一下。纳博科夫的"脊背的震颤"也是一样的吧。

2

下班，路过一个拐角，在一所大学的围墙外，隔空的栅栏，围墙内树木枝繁叶茂，浓荫伸出围墙来。一个老人，靠着墙根，坐在地上，绿荫里。他的面前，车水马龙，人来人往。一只空的旧碗，无声地诉说着他的故事。一个女子，弯下腰，把两个硬币放进老人面前的碗里，叮当，叮当。老人有没有说谢谢我没有注意，那一瞬间，我的心狠狠地响了一下。

假如这个世界真有所谓灵魂——据说重量二十一克，也有说三十五克，那一刻，我相信它一定存在。

史铁生说，谁说我没有死过，出生以前，太阳已无数次起落。有些话语，会在某一个瞬间，突然从你的心海里飘出来，萦绕着你，久久不散。

3

下班，回家，我走得飞快，因为，因为，我家的仙人球开花了！

一早出门时，掀开窗帘一看，竟然开了！下班，飞奔到阳台，花果真蔫了。早上还多么新鲜，短短几个小时没有人欣赏它们的美，一生就这样走完。一年，等待一年，就为了几个小时的绽放，还无人欣赏，花儿知道有个词叫孤独么？

有个作家说过，他感觉植物比动物高级。这是一个让我心动的结论。如果让我形容一种动物，我能用的词一定很豪放，比如，凶猛，迅速，威武。而要我找一些词形容一朵花，一片叶，一棵树，我能用的词一定够婉约，这些植物都是温柔的，它们立在那里，无法像一些动物一样张牙舞爪，腾挪跌宕，它们存在，像一个柔弱的小女孩，像一个贤淑温婉的女子，像一位坚强挺拔的母亲。即使风来雨来，它们不得不摇摆，也一定是有节制的不张狂的。这种安静，和它们对视多了之后，会生出一种恍惚，仿佛自己前生就是一朵花、一片叶、一棵树，所以才会感觉莫名的亲切。

这盆仙人球来我家快三十年了，子子又孙孙，花盆换了又换，每年一到五月，就一定不辜负我全家的期盼，隆重开满了白花，美若昙花。这一天也成了我家的节日。拍照，写诗，一日看三回，直到几个小时后花儿枯萎凋零。我的惋惜逐年减少，我的期盼没有逐年递增，日子的本色也许就是这样。

花开，好时光；花谢，亦是好时光。

4

上班是一件让人劳神的事，下班一定要挤出时间，让它真正只属于自己，一个人，再好的朋友也休想挤进来。

台灯下，边听蒋勋边绣花。蒋勋的声音，浑厚而温暖，听他解读红楼，大观园，这个青春的王国，一群活泼泼的生命。蒋勋读到的是慈悲和觉悟，他喜欢红楼里所有的人，连第一次读的时候最讨厌的人物薛蟠和贾瑞，他也理解接受了。文学终归是悲天悯人的，不是八卦，扒点东西出来就得意扬扬。

我特别喜欢“慈悲”这个词。当我轻声吟哦时，这个词立刻有了温度，自身马上被一种柔情包围，假如上天时刻在看人的话，那一刻，我一定是温柔的，我收敛了我所有的戾气和锋芒，我自觉远离现实里的桀骜和不驯，活得像一朵花、一片叶、一棵树。

慈悲，我喜欢听这个词从蒋勋的口里温柔地说出，自然得如同一句日常问候，你好。世界如此宁静，世界如此美好。

慈悲，真好。

5

读乔叶的文章《博格达的存在》，她写在飞机上俯瞰博格达，晨起看沉静灰白的博格达，路上看层层叠叠的山峰后面露出一角寒光闪闪的博格达……终于理解了为什么雪山被认为是神山，博格达雪山是一种神性的存在，“我的人生中，一直有那么一个人，一个博格达一样的人。他存在着，无论和他见面还是分开，缄默还是闲谈，他的高，他的矮，他的远，他的近，他的大，他的阔，他的繁复，他的简单，他的卑微，他的光彩，他的睿智，他的拙朴，他的慈悲，他的纯善……都一直让我心有所属，神有所安。对我而言，这个人的存在就是如同博格达一样的存在，他的存在让我明白：哪怕他什么都不为我做，只要他存在着，我就觉得自己有一个博格达一样的家园”。我想，写这样文字的人一定是一个女子，一定是一个美好的女子，我只要心动就够了，我别的什么也做不了。

读另一篇乔叶的文字，写到女编辑晓艳的母亲家吃一顿家常午饭，饭后看老照片，拍合影，闻到母亲的气息，“我是如此靠近这温暖，但这温暖终归是晓艳的温暖，而不是我的”，十八年前，乔叶也曾这样被温暖过，不禁悄悄流泪，走时和晓艳母亲拥抱，“谢谢她这么拥抱过我，我确实是一个很需要这种拥抱的人”。读到此，我的眼泪也涌上来，我的心很响地响了一下，这个瞬间，我含泪拥抱了乔叶，和她充满温度的文字。

6

以前总觉得，“老”是一件很遥远的事。看到某篇文章说，老人习惯把手背在后面，趾高气扬的，很老干部的样子，其实是为了保持身体平衡。我愣了一下。

有时陪母亲散步，我健步如飞，很不理解母亲的拖拖拉拉，总习惯，快走几步，停下，转身等母亲，待她挪到和我并排了，我又迫不及待地走，感觉那样缓缓地挪步，是一件苦痛的事。母亲年轻的时候，肯定比我健壮得多。那一刻，我不仅对老生出恐惧来。

是阅读，是写作，是思考，是经年的苦苦修行，让我终于说服了自己，慢慢接受将老的现实。

将来的某一天，老，一定会跌跌撞撞地到来，和我亲密相依偎。我一定不拒绝，不掩饰，不悲观。我愿意，坦然接受每一根白发，每一道皱纹，每一个无法把腰背挺直的日子，像招呼多年故交一样招呼它，老，我知道你会来，来来来，坐下来。

天蓝，朵白，我们坐在紫藤花架下，微风吹拂白发，我从容地打开一本笔记，指着其中的诗行，微笑着对老说，在我不太年轻的时候，我已经记下了你到来时，我的心动。

/ 心有一片海

阅读，在同一天看到评《金瓶梅》的话，和平素印象中的淫秽等贬词迥然不同，还是吃惊了一下。

先在某杂志上，读到三毛父亲的一篇文，文中讲三毛从大陆归来后，突然对她父亲说："《金瓶梅》这本书，比《红楼梦》更真诚，现在再看《金瓶梅》，才知道哭出来。"真诚，这样美好的一个词竟然用在《金瓶梅》这本书上，甚至不惜用《红楼梦》这部被誉为中国古典小说巅峰之作的书来比较。我不禁对此书充满探究的兴趣了——能让一个特立独行的女子哭出来的书会是一本怎样的书。

接着翻莫言的长篇大著，他在小说《丰乳肥臀》自序中有这样的话："如果悲悯是把人类的邪恶和丑陋掩盖起来，那这样的悲悯和伪善是一回事。《金瓶梅》素负恶名，但有见地的批评家却说那是一部悲悯之书。”悲悯之书？要有怎样的仁厚宅心才能洞彻其中这样的情怀呢？

悲悯，当我静静咂摸这个词的时候，一个人突然变得温柔无比，对他人，对这个世界，包括所有的狭隘、计较、不完美，都自觉地理解了。

坐在校车上，听到车载广播播的一条新闻，一个年轻女子跳楼自杀，砸坏了楼下陌生人新买的小车。我听到身后有人脱口而出，要死就自己死好了，还砸坏别人的车。我的心不禁颤抖了一下，感觉自己是和虎豹豺狼同坐一车，忍不住担心他们的獠牙和利爪伸向我。一条年轻的生命啊，不去想逝去了有多么可惜，别说同情，就连理解都谈不上，心思下意识地落在陌生人的身外之物小车上，心的冷酷昭然若揭。我这样心潮起伏过后，又很快自我否定。这是一个多么无知的生命，对别人生命的漠视，何尝不是自身爱的缺失呢？我为轻生的陌生女子惋惜，怎样的苦难无法跨越，要用飞身一跃这样决绝的方式，我理解了她，祈愿有来生，春暖花开，祈愿她亲人的伤痛，随着时间的流逝早些消弭。我为年轻的同事可惜，不谙世事，不知孰轻孰重，人世间多少貌似重如泰山的东西，活到一定岁数才明白，那些才是真正的轻如鸿毛，只因为太年轻，我理解了她，暗暗祈愿，时光能磨掉她心的尖锐棱角，留下温柔的线条、温暖的手感。

悲悯之心，哪里只在面对生死病痛时才得以显现呢？走过早春的田野，不忍踩踏刚刚泛绿的青草，心疼它们不能像人一样行走；对流浪猫，不会一见到就想它们身上的跳蚤，发春时的叫声扰人，而是记挂它们饿不饿，想着刚生下的小猫咪能不能活，想我能为它们做什么，在听到它们饥饿的叫声时，忙端一些剩下的饭菜下楼喂它们；对街边残疾老人伸出的乞讨的手，不忍扭头走开，而是像个孩子一样，手忙脚乱翻包找零钱；对朝夕相处的父母，体谅他们的用心，不嫌他们唠叨碎烦，即使工作再劳累，外头受再大委屈，回家也从不恶声恶气说话，只因不忍让他们担心……多么美好的“不忍”啊。想起弘一法师临终交代的诸事中有一样：待七日后再封龛门，然后焚化，去时将常用的四个小碗带去，填龛四脚，盛满以水，以免蚂蚁嗅味走上，致焚化时损害蚂蚁生命。尘世间，宝贵的温柔一念。懂了，悲悯，度一切苦厄。

有一句话经常被人引用：你不懂我，我不怪你。当其中的你我，跳出狭隘的小我，融入大我的河流，世界是温暖的，人生是值得一过的，过程中的苦难、曲折都是可以忍受的。是悲悯，让我知道温柔地对待别人——包括亲友和陌生人，言语温和，态度亲和，心地澄明，远离锱铢必较。也记得温柔地对待自己，不苛求万事如意，尽力就好，无愧于心，便是最好的自己。

悲悯是一片辽阔的海洋，让我敞开尘封已久的心，看这个纷繁世界，眼里有春天草长莺飞，眼里有一切生命的不屈和蓬勃。是悲悯，让活在尘世的每个人，心不再冷硬如铁，即使在黑暗中，在困境中，依然保持仰望星空的姿态，依然不失活下去的勇气和信念。连读《金瓶梅》，都能读到真诚，感受到悲悯，那是怎样阔大的境界啊，需要多么持久而执着的修行。

这个时代不缺金钱和炫富，不缺丰富和张扬，宝贵的是心的沉静和对朴素初心的坚守，在纷纷扰扰的人世间，不忘一天天充盈相互体恤的温情，在困苦中保持对生命的尊重，还有对人性弱点的温柔谅解。

悲悯如钻，珍贵，迷人。在历史的长河中，在无垠的世界里，悲悯善念，让你我，心有一片海。

/ 盉

路过一家店铺，店名里有个字“盉”。一时不能确定它的读音，不敢发出声，只能在心里小心地念半边，禾。这一路，再无心思做别的，一心想着这个字。按照造字法，部首有“皿”的，应该和古时候的杯盘壶碟有关。

到家，马上查辞典。第6版《现代汉语词典》，527页右下方赫然写着：“古代温酒或调节酒的浓淡的器具，形状像壶，三足或四足。”音hé，并附一图。本来是冰冷的一样器具，因为酒的关系，一下子有了温度。我思想的野马开始驰骋：在古代，古到一千年前，两千年前，身着素色布裙的温婉女子，用一双纤纤玉手，小心地拎起精美的提梁，缓缓筛出一注清冽的酒，准确地注入象牙色小杯，一股酒香氤氲开来……我隔着千年的时光，也微微有些醉了。假如换了侠士粗壮的手，婉约的一页就刷地翻了过去，豪放的一幕浓墨重彩登场，琼浆激荡着入碗，溅起的液体如一瓣瓣晶莹的白梅，仰起脖子一饮而尽。时间静止，只有那青铜的盉，凝神注视，一言不发，又胜却万语千言。

再查百度百科，盉："形状较多，一般是圆口，深腹，有盖，前有流，后有鋬（音畔），下有三足或四足，盖和鋬之间有链相连接……造型特点是敦厚凝重，装饰繁复，图纹威严神秘……"盉，具体了一些，但那些形容词似乎都没有写出我心里的盉，它岂是"敦厚"等一干词能概括得了的。被百科下面的文字吸引：说到种类，有一款很著名，吴王夫差盉，这是两千多年前吴王夫差遗留下来的唯一一件青铜酒器。曾在武汉的湖北博物馆里见过吴王夫差矛，远没有想象的光鲜夺目。吴王夫差盉，高多少口径多少腹径多少，于我都是抽象的数字，连整个器物上最突出的用透雕绞龙纹装饰的弧形提梁，也激不起我多少兴趣，我被盉肩上的那一周铭文吸引，大意是吴王夫差用诸侯敬献给他的青铜，为一位女子铸了这件盉。原来这件盉关联着两千多年前君王夫差的一段情感故事。怎样的故事呢？百科留下一串省略号。

感谢我生命里不竭的探究热情，又打开了百度图片看，吴王夫差盉，从各个角度，在各种光线下，大大小小，一张张跃入我眼帘。那精致的透雕绞龙纹装饰的弧形提梁，沉稳地腻在那里，假若是一双双手经久抚摩过的，一片片时光用心浸润过的，想必该光滑润泽了。

可惜了待在博物馆的时光，众人的目光又怎能安慰两千多年前的一段情怀呢！凝视，用我的目光搓揉，在想象的世界里，小心地修旧如旧……千年的云液瑶浆，依旧清冽醇香，吴王夫差这样骄奢淫逸沉迷酒色的人，也动了小儿女之心，是哪个女子，小心地提起提梁，为吴王夫差斟酒，一杯接一杯，让不可一世的吴王忘却百千宠幸，只念她一人？留一段铭文，留一段空白，任后人心游万仞，只怪时光苍白。继续在网海里淘洗，终于觅得几年前的一则新闻，铭文内容为“吾王夫差吴金铸女子之器吉”，有专家考证，该盉为夫差替他所倾心的西施所铸。哦，西施，有沉鱼之美，列四大美女之首……那个在溪边浣纱的女子，从绍兴诸暨的苎萝村走出来，以身救国，为勾践东山再起立功，结局是成了吴王夫差最宠爱的妃子，吴亡后撞石而去。只留后人在歌：苎萝山下，春光醉长天，霓裳轻扬，不知迷了谁的眼……

盉，即便已干涸千年，用温热的心，酿一壶“抛青春”“忘忧君”“流霞”“般若汤”，仿佛古老的时光依旧曼妙年轻……哦，抿一口酒，美美的，只是不用当年的盉。

/ 木梳

出国才几天，就丢了一把心爱的木梳，我心疼不已。

我相信每一样东西与人的缘分，不管那东西是你花钱买的，朋友送的，还是商家的赠品，一旦与自己的目光相遇，手抚摩之，心有所动，这物就不再是与你毫无关联的东西了，它实实在在地走进了你的生命。在今后的朝夕相处中，耳鬓厮磨里，你与它的缘分与日俱增，仿佛你早知道它会来，它早就在那里静候你，那种缘真的美妙无比。

丢的那把木梳，是谭木匠的。我喜欢谭木匠店里那“好木沉香”四个字，似乎每一把木梳都沁入了大自然最美好的香。多年前，我曾在谭木匠专卖店里驻足，在众多的木梳中看中一把，却不忍下手，那么小小的一把木梳，居然要168元。后来机缘巧合，大学同窗四年的室友，毕业后已二十多年未见的她，博士毕业后回杭公干，我们终于重逢，她送给我的礼物竟然是一把谭木匠的木梳，让我惊喜的是，和我当年相中的那把极为相似。我打心眼里觉得，这是我和那把木梳的久别重逢。自然我知道，是同一把木梳的可能性约等于无。

回到家，拆开那精致的礼盒，木梳被半透明的塑料纸紧紧包着，看不清它的色泽，但透过厚厚的塑料纸，我已感受到它轻巧的分量，捏在手里舒适的手感。小心地用剪刀拆了塑料包装，一把精巧的木梳和我的手掌终于亲密无间，一瞬间，像一道闪电闪过，我的欢喜像花儿一样绽放。我细细端详着这把木梳，用它轻梳我的乌发，屋内静静的，只我一人，窗外明月光光。木梳的造型很简单，宽不过两三公分，长不过两个中指的长度，椭圆的梳齿不疏不密，接触头皮时的感觉很温柔，流线型的梳背看着很圆润，捏在手里，稳稳地，润润的，熨帖。在台灯下看木梳，清漆下原木的纹理很分明，好像流水在一片溪滩上漫漶，溪底有棕褐色的沙石，水凉凉的清澈，多云天的日光均匀地洒下清辉。那种自然的颜色，像噙住了很多光线，日光，月光，星光，不愿再释放出来似的。我轻轻嗅一下新木梳，有淡淡的草木的香，一些在草原在森林在山巅的记忆被唤醒，它们纷纷奔向这把小小的木梳，把四季草木的香、岁月的沉淀、众人艳羡的目光收集在一起，凝聚成属于这把木梳独特的香。用了一段时间，再嗅它，多了一些别的气息，各种香味洗发水杂糅的味道，闭起眼睛轻轻一吸，丝丝缕缕，柠檬、柚子、草本的香，从梳齿间悄悄钻出来，好像顽皮的孩子在玩捉迷藏，我知道他们在，但就是抓不住他们。忙起来几天不洗头，木梳就有了人间的油杂味，厨房的烟火气，教室的粉尘味，马路上的尾气浮尘，腻腻地盖住了它原本的香。我感觉那时的木梳，色泽也灰暗了许多，像它的主人一样疲惫。假如木梳真的有感知，想必早已敛声屏气，方可和污浊的尘世绝缘。把木梳放在清水里洗，木梳浸了水，一下子就鲜活了一般，就如刚到我手里时的样子，好像第一眼的惊艳又回来了，阳光斑驳，溪水清冽，清香幽幽。用棉布细细擦干，晾一会儿，轻轻梳头，每个梳齿都轻柔地触摩头皮，木梳在青丝间划出好看的线条，像犁铧翻动黑色的沃土。

从小到大，我用过很多梳子，但大多是塑料的。听母亲说，我小时用的是木梳，但那时年幼懵懂，对梳头这样的事总是敷衍着做，丝毫没能享受其中的乐趣。在我终于有了一把心仪的木梳时，我是怎样的欢喜啊，曾以为我和这把木梳会天长地久终身相依，直至我步履蹒跚白发苍苍，哪怕坐在轮椅里，我仍可以用这把用了几十年的木梳，安详地轻梳我的满头银丝。不料才短短半年，我和这把木梳就失散了，缘分戛然而止，让我猝不及防。天公造物，缘生缘灭，无不呈现着禅的生命。我相信那把木梳一定还存在，在某个角落，此刻也许在某个陌生人的手中，与陌生的青丝相遇，但它已离开我的生活，逃

在台灯下看木梳，清漆下原木的纹理很分明，好像流水在一片溪滩上漫漶

离我的视线，成为我回忆的一部分。是不是世间万物要等失去了才这般牵肠挂肚？我拥有它的时候，我也是珍爱的呀，难道得到时的欢喜有多少，失去后的苦痛就会加倍的多？

我不知道心爱的木梳丢在了哪里，我极力回忆着出国这段时间与它亲密接触的每一个片段，甚至瞬间，透过时间抚摩的记忆，那把木梳愈发温润如玉。在路上？在海边？登山时？拍照时？参观博物馆时？徒步生态公园时？我不记得把它拿出来过，难不成它有脚自己奔向自由世界了？我的记忆停在回国那天的清晨，我在盥洗室洗头，用木梳梳理我的湿发，对镜的瞬间，我凝视过它，光泽养眼，手感舒适，我心爱的木梳，然后呢？然后呢？我的思维在这里断了。洗脸台盆的颜色和木梳相近，也许就落在那里了？我记得临走时还细细查看了一遍宾馆房间，角角落落都看了，偏偏漏了它，难道它有灵性，那时躲起来了不成？我为什么不再特意检查一下木梳在不在呢？我这个小小的疏忽注定了一场长长的悔恨，我真是肠子都悔青了，我甚至觉得，一行李箱的东西都可抛弃，它们加在一起也不及这把木梳珍贵。它不仅承载着同窗的情谊，也沉淀了我多年的欢喜，这份难解的缘。但悔恨和想象都不能让木梳再回到我的身边，假如它是有脚的，假如它能感念到我的这份牵挂，也许将来的某一天，我还会遇见它，在千万把相似的木梳里，一眼认出它。不是有古话说“踏破铁鞋无觅处，得来全不费工夫”吗？不是说“众里寻他千百度，那人却在灯火阑珊处”吗？物也一样，我心爱的木梳，它会给我这样的惊喜吗？我们还得等待多少年才能重逢？突然我灵光一闪，也许这把木梳它原本就不属于我，它是回家了，原先我只是暂时得到了它，却一厢情愿地认为可以与它天长地久。世间万物，有多少是真正属于我们自己的东西呢？我心爱的木梳，它不在我身边，一定在它该在的地方，随缘吧，我终于心安了一些。愿得到我这把木梳的人，能善待它，如同我珍爱它那样，也好减少我失去它的那份心痛。

凡在我的生命里存在过的东西我都无法把它连根拔除，关于一把木梳的记忆，像一棵蓊郁的大树，根已经深深扎进我的心里。

/ 三个会

联欢会、运动会、追悼会，好像是人生的一个隐喻，且完全按照时间顺序。

年少的时候，我们欢唱着“让我们荡起双桨”，不知忧愁为何物，一丁点儿事都能引起笑声一串，换牙的时候也咧开嘴笑，全不顾及淑女形象。说话像蹦出一串炒豆，嘎嘣嘎嘣脆，一个人的时候，和简易的玩具说，对那抛着的沙包，那用来游戏的一把棒冰棒子，都能不知所云很久。人多的时候，抢着说，终于抢到了，却忘记要说什么了，于是和大家一起笑，没心没肺，天真无邪。春天和秋天，蓝天青草田埂，我们和花朵和果实多么近，我们一直走在自然里。整个年少青春，都是“欢”字打头的联欢会，是洋溢着欢笑的人生盛宴。

联欢，散场，我们去赴一场你追我赶的运动会，比赛竞争是它永恒的旋律。我们竭尽全力，奋力拼搏，奔向终点，也把很多美好和欢乐抛在了脑后。我们和自己比，不断学习，吸纳，丰富，同时我们也在不情愿地做着牺牲，透支着健康，放弃陪伴亲人，吝惜微笑和解释。我们渴望超越自己，更在意超越对手，但是冠军永远只有一个。当再回首时，往往已筋疲力尽。我们以为奔跑就是一切，甚至忘记了为何出发，跑着跑着，青丝变成白发，皱纹开始纵横，力不从心了也不敢停下脚步，这场运动会只有到下一个会来临才戛然而止，那就是追悼会。

生老病死是人生的必然，不管你谈还是不谈，死亡一直在那里。我们哭着来到人间，被抛入一场无忧无虑的联欢，又拼尽全力争着赛着参加了一场运动会，最后在别人的眼泪里离开。这个句号画得圆不圆，自己来不及想，更来不及纠正，只留追悼会上早已写好的悼词，满满的溢美之词，也许听者有人腹诽，但活人岂能和死者计较？到火葬场多去几趟，没有比这更好的关于人生的教育。如果早点明白，也许联欢也不会因为年龄而散场，运动会上也可以边跑边想边乐。应该感谢有死亡存在，让我们更懂得珍惜每一次遇见，假如人人长生不死，活着是不是也成煎熬？

三个会结束，散会。终究要散。

/ 一觉睡到小时候

周五下班，校车上群聊，说到懒觉，个个激奋，有说睡到八九点的，有说睡到吃中饭的，开车的师傅有几分羞涩地说，他上周六，一觉醒来已是下午一点半。众人大笑。我没说话，一想到周末懒觉的滋味啊，开心得只知道咧嘴笑，想起去年曾看到过的一句话："一觉睡到小时候"，当时的心动依然在。

小时候的懒觉，现在回想起来，竟像在说一场梦。我自小睡相差，而且睡德颇受母亲诟病。我小时候无端相信，一定有另一个世界存在，它不是老人口中的阴间，在那个世界，他们的夜晚就像我们的白天，所有的生机和精彩都在夜晚呈现。我每一个夜晚不知疲倦地奔赴他们的狂欢，所以，母亲眼里的我，睡着后，不是哭，就是笑，常常眉头紧锁，睡下时在床的这头，醒来见我已经横过来了，有几次哭得惊天动地，母亲将我摇醒，我睁眼看她，目光迷离，就像在看一个陌生人，我也在母亲的眼睛里看到陌生的自己。睡德差到何种程度，连严厉的母亲也不得不把语调放温柔了，她轻轻唤着我的小名，一声，又一声，我的魂从遥远的地方，一步一步地回来，终于，我的灵魂和身体合在一起，我醒过来了，回到现实的世界，依旧做一个乖孩子，文静，懂事，上进。有一两次，我的魂还在路上跋涉，母亲的呼唤换来我一反常态的发作，歇斯底里，就像着了魔一样。从此，唯有在唤醒我的这个瞬间，母亲必须变得温柔。

一个值得回忆的懒觉总和梦缠绕在一起。屈指可数的几个有鲜明记忆的梦，像河里柔曼的水草，招引着我的目光，潜到最深处一路追寻。可能是这些梦经过我的不断温习，烙刻在沟回曲折的脑海，倘若没有了这些下意识的温故，它们也许像薄雾，被初阳蒸融了。我在梦里一定飞翔过，像鸟儿一样自由，扇动洁白的翅膀，飞过绵延的群山，飞过无垠的草原，我不记得自己有没有伙伴，我只知向前，一心享受这份飞翔的自由。我在梦里一定到过海底，像一条鱼，遨游碧波，水流柔柔地抚摩我，海草轻轻摇曳，很多鱼和我一样自在穿梭，世界斑斓，恬静安详。在梦里，唯有在梦里，我和水才是亲密的。

没有懒觉的人生不值得一过，没有梦的懒觉失去了大半的意义。但我和懒觉的亲昵不是天生海枯石烂的那种，我们之间就经历了几十年的分分合合，直到最近，它才成为我生命里无法剥离的美好的一部分。成长是一个缓慢的过程，回忆成长却能够在一瞬完成。很快，我告别了小时候，告别了第二故乡，外出求学，外出工作，这是我与懒觉痛苦的分别。在外的经历注定与懒觉无缘，你再怎么努力终究是一个外人，你无法融入当地人的生活，特别是我这样一个心思纤敏性格倔强的人。终于，千辛万苦的一页翻过去了，我回到出生地，回到亲人的身边，可以安享一个个美妙的懒觉了吧，那颗驿动的心却不安分，仗着还年轻，仗着自认的几分才，在搏击的人群里也左右出击，一试身手，对一点点名利回馈沾沾自喜，并将之化为猛烈打拼的动力，不知不觉，透支着宝贵的青春和健康，还自认为是不蹉跎时光……懒觉与我依旧别离，我的一颗心总想着，我怕来不及，一生只有三万天，不只争朝夕就是浪费生命，哪有心思睡一个懒觉？甚至连这样想一想都觉得羞耻，一天二十四小时常常觉着不够，恨不得自己有三头六臂，或者希望吃一种什么新药后可以不睡觉也不疲劳。假如懒觉是一个有生命有感觉的东西，它看那时的我，肯定选择远离我，它看我随波逐流而不自知，不知该怎样的苦痛呢。仿佛就最近一两年的事，功利心、竞争心，突然淡了，看书、赏花、听梵音，欣然行走山水间，纵然记性越来越糟，纵然脚步越来越慢，也不追赶，不贪求，不执念。虽然还是会担心秋冬的抑郁，依然会被痛苦纠缠，但懒觉却笑着来造访，我也迫不及待和它相拥。不争朝夕，我和岁月握手言和，我分明看到懒觉在一旁窃笑。

人到中年，懒觉有别于小时候，真正进入了安详的境界。小时候的懒觉，对环境挑剔，对时间也讲究。环境要静，一点点打扰都会勃然大怒，咆哮，号哭，歇斯底里发作。季节也挑，夏天太热，冬天有雪要玩雪，只有春天和秋天，不冷不热，才是懒觉好时节，但要上学，先生们的要求高着呢，要考试，不考第一心里不安，考了第一又怕别人追上来，就是偶尔有个懒觉也睡得战战兢兢不安稳。现在，不上班的日子，感觉自己似乎可以和懒觉地老天荒。不挑环境，再吵闹也能做到心静。不挑季节，春夏秋冬，都是懒觉好时节，春天不恋花，夏天不怕热，秋雨好安眠，冬天更是懒觉的黄金季节。江南的冬天特别阴冷，被窝暖暖的，不管睡得着睡不着，都心安地赖在床上，无所事事，可以晨昏颠倒，可以随意翻几页书，或者翻个身，可能就有一个美美的梦。如果下雪，就让年轻人去打雪仗去踩断桥；如果下的是雨，就让江南的冬雨滋润我的梦；如果是难得的大太阳，等阳光透过窗帘照到我的床上，就自觉把眉头舒展，幸福地发一会呆，告诉自己，生命里有一些时光，我真切感受到，自己真的在享受中。

我不知道古人对懒觉是否享受，只能通过片言只语去猜想。李清照的“浓睡不消残酒”，揣测也不是一场像样的懒觉，喝多了酒，昨夜雨疏风骤，惜花人怎睡得安稳，否则怎会有“知否？知否？应是绿肥红瘦”的感慨。苏轼每天“五更初起”，不知道懒觉的滋味，但他晨起洗漱完毕，再找一张干净的榻闭眼躺着“假寐”，看来他深得懒觉之妙，他感慨“数刻之味，其美无涯；通夕之味，殆非可比”，更是深得回笼觉的精髓。那个著名的“睡仙”陈抟老祖，一觉能睡一百多天，“三峰只乞睡千年”，那境界，啧啧！我对懒觉的认知已到安详的境界，足矣。懒觉之利弊，经典怎么讲，名人如何说，于养生利还是不利，都不是最紧要的。人到中年，不在乎旁人的目光了，倘若难得的一个懒觉，能让我身心舒泰，还有什么比这更美的呢？

一个懒觉，又一个懒觉，年华在懒觉里老去，只可惜永远睡不到小时候……

/ 越过山丘，虽然已白了头

一个已考上大学的学生来看我，随意闲聊。他的一句话惊呆了我，他说，我有十个亿。一追问，才知是网上种菜，弄了十个农场，每个农场的金币收入超过一个亿。我再问，那你一天得花多少时间在农场上啊？他敷衍说不多。我想，每个 QQ 号要登录，要种菜、浇水、除虫、收获，开了农场一般也会开牧场，养鸡养鸭养猪养牛，驱虫、捡粪、扔牧草，可能手一痒，又点开了其他页面，领各式礼包，玩各样游戏，何况不是一个号要伺候，是十个啊，那每天得扔多少时间在虚拟世界里，加在一起是一段多长的宝贵青春啊，太可惜了。

送走学生，我陷入了沉思。我的婆婆妈妈的叮咛，学生未必都记得，遑论从此珍惜光阴踏踏实实学一些东西不挥霍青春，但在我，已尽到一个教师的责任。我问自己，我还能做什么？他已毕业，他是成年人，他有挚爱他的父母。一个高中的班主任，面对已经毕业的学生，即使再自作多情地把自己当作学生的重要他人，你陪伴他的那一段也已经走过，除了提醒、建议，似乎无法做更多。在学生重要的高中阶段，我已尽心尽力地陪伴，苦口婆心地教育，可以说我全心全意地付出了，一抽屉的荣誉证书也证明了我的努力。我应该坦然、释然，但，我为什么还忧心忡忡呢？

几十年来，我一直在思考：什么是教育的本质？有没有更好的教育？没有完美的人生，可以有完美的教育吗？有一句话经常被人引用："教育意味着一棵树摇动另一棵树，一朵云推动另一朵云，一个灵魂唤醒另一个灵魂。"这样的比喻和排比当然很诗意，可以见仁见智，更是一种境界的展示。问题是，作为一个一线的教师，你每天，甚至是每时每刻，都要面对活生生不断成长的生命，你如何去摇动去推动去唤醒呢？

我写下这些文字时，同时在听歌，李宗盛的《山丘》，歌词让我怦然心动。突然发现这首歌的歌词和我的教书育人的轨迹有一些契合，随心记录在此。

"无知地索求，羞耻于求救，不知疲倦地翻越每一个山丘。"这像是一个隐喻，就像我初登讲台执着的追逐。这个世界上的一些人，之所以选择做教师，是迫于无奈。我是千万个心甘情愿，仿佛我就是为教书而生的。我也曾多次想过，我不做教师还可以做什么？一个个答案跳出来，又被我一个个否定。也许，做一个好老师就是我的天命。天资禀赋是重要的，更重要的是后天的学习与努力。大学四年，我是那个从不逃课的人，我是那个可以把笔记借同学抄的人，也是那个从大学起就发表散文诗歌的人，还是那个在实习班把课上得风生水起得优的人。教育，在我心里就是一座山，我艰难而幸福地跋涉，挥汗如雨，乐此不疲。毕业后统配到中师任教，学生是各个市县中考的优秀生。第一届三年，我一丝不苟地批阅着每一本作文，为一百篇作文后的评语绞尽脑汁，哪怕是相似的文章，也为写不同的评语字斟句酌。我认认真真地准备每一堂课，为课堂上没有我预想的效果而黯然神伤，为他们辜负了那么好的课文分析愁肠百结。我渴望每个四十五分钟学生们都坐如钟，两眼炯炯发光，回答问题妙语连珠，作文一挥而就，考试时胸有成竹，不要让我为五十八分的试卷要不要加两分而辗转反侧。我板着一张没有皱纹的脸，曾经语重心长地教育那些懵懂的少年“一寸光阴一寸金，寸金难买寸光阴”。我看着学生们在操场上奔跑嬉戏，无所事事，心疼他们浪费了美好时光，曾经催命一样地让他们交每周一篇的随笔。我把严格要求完全等同于师爱，以为每一点退让都是对神圣的教育事业的亵渎，我全心全意扑在教书育人上，尽力塑造完美的灵魂，自认为在学生的成长史上是一个得力的帮助者。

这个过程中当然有老教师的帮扶，但更多的是自己的觉悟，我不知疲倦地翻越每一个山丘，越过之后，依然不敢停下脚步，因为又一座山丘已耸峙在我眼前。

“喋喋不休，时不我予的哀愁，还未如愿见着不朽，就把自己先搞丢。”我教书三年，又一个三年，一届又一届，执着依旧，因为努力已成习惯，但其中开始夹杂了一点迷惑和自我否定。回想自己的教书生涯，在惊诧自己曾经有这样的青春激情的同时，也惊诧于自己当年的老气横秋，不谙世事，缺少一份设身处地的豁达与更为久远的关怀。在送走了一届届学生之后，我终于明白，学习不是学生唯一的事情，每个学生都有其个性，不能用千篇一律的方式来要求他们。我尝试着理解了学生，却把自己逼到了角落，从此对教育学生的宽严尺度拿捏得不太精准。老早的时候是人人相信严师出高徒，后来流行的是教育人性化。人性化的说法当然很动听，但某些人理解的人性化，却绝对不会用到自己儿女身上，因为那等同于放任不管。有的老师想，我何苦管头管脚，到期末评师时给你机会说我不好，你好我又不会多一分钱，你不好以后也不会到我家来吃饭，得罪学生的事我不干。而我把“严”与“爱”交融在一起，并且一视同仁，一碗水端平。我们习惯了夸赞因材施教的好，也深知每个人都独一无二，但实际操作时却常常忘记这些。这个学生犯了错，十种方法教育不好他，为什么不尝试着用第十一种？人心都是肉长的，学生迟早会长大，也许他在校时你见不到他的进步和成长，但等他到了社会上，某一天突然想起多年前某个老师对他的谆谆教导，改变了他的人生方向，这种迟来的感动和行动不也很宝贵吗？这是一个老师的积德啊！我是通过不断读书学习和苦苦的自我说服，才完成了自我的否定之否定，找回了对教育事业的那份坚定的心。

“遗憾我们从未成熟，还没能晓得，就已经老了，尽力却仍不明白，身边的年轻人。”时间流逝，我也渐老，两次调动，对陌生的环境都有适应的过程，体力大不如前，所谓暑假，也时不时成了第三学期，特别是带毕业班一定有补课，整个人像一架机器，不停歇地转啊转，连上油的时间都没有，倦怠和失落伴随着病痛，陪伴我度过了几年。三年就是一个代沟，年龄渐老，和学生之间的人生观价值观的差异也越来越大，你越来越看不懂身边的年轻人。常常你一周五天苦口婆心的谆谆教导，敌不过回家两天家长和社会对他潜移默化的影响，所谓5+2=0。人生没有完美，但总在追求完美的路上。传统的思想面临着前所未有的挑战，在带班的时候尤其明显。五十来个学生，假如你不用自己的权威和付出去树立好的班风，一团散沙终究凝聚不起一个班集体，可能老实懂事的孩子处处吃亏，可能霸道的富二代官二代耀武扬威，可以从此不信真理只信权钱和拳头。教做人，比教学习更重要，毕竟做人是一辈子的啊。我清楚自己教育的软肋，喜欢亲力亲为，不放心不放手，但为了教育的长久计，我狠下心来让学生摸索着做，事实上比我亲自做还费时费力。我们的社会习惯了速成，喜欢快餐，恨不得一两年就成人成才，好评如潮，学校人人有口皆碑。要不要坚持自己的理想？答案是，要。如何坚持自己的理想？答案是，难。在学校社会的要求和自己的认真坚持之间找寻微妙的平衡，我老了，但依然尽力。我为什么不能停下攀登的脚步，因为山在那里。奖状和荣誉，还有学校领导、同事和学生、家长的评价，都不很重要，最重要的是，我尽力才心安。蹲下来，渐渐地，我理解了现在的孩子，渐渐地，我战胜了倦怠，不再失落。

“越过山丘，虽然已白了头。”越走越坚定，教书育人的路上，有遗憾，但我不悔。中考，高考，分数，志愿，择校……教育的世界如此喧嚣。作为一个老教师，我时不时感到内心矛盾，困惑纠缠地累，还有无端袭来的空虚。每一个教师，几乎都沐浴过这样的教诲，太阳底下最光辉的职业，人类灵魂的工程师，应该刚强、有力、无坚不摧。事实上，教师也是血肉之躯、凡夫俗子，也有软弱、挣扎和委曲求全。我不敢说每一个教师都如我，但我可以肯定地说，我一直努力，虽然过程中难免有退缩，有遗憾，但更多的是一些宝贵的坚持。当若干年过去，还有家长高度赞扬我的话语通过同事、领导传到我耳朵里，还有学生特地跑来看望我，不改那份信任，很多次听到学生这样对我说，我不敢学坏，我怕辜负老师您的教育。还有什么比这更幸福的呢？我用自己不懈的努力，真正唤醒了学生沉睡的真善之心，推动他们在自我实现自我成就的路上走得更远，走得更好。没有完美，但我一直走在追求完美的路上，从不偏离，这是我一个老教师自我价值的体现，越过山丘，虽然早已白了头。

静坐常思己过。回到开头说的那个说自己有十个亿的学生，不是我的教育出现了问题。我为此忧心忡忡，只说明我在潜意识里还是要完美的教育，容不下教育的不完美，这是多么不切实际的理想啊。胡适曾说过这样的话："你要看一个国家的文明，只需考察三件事：第一看他们怎样待小孩子；第二看他们怎样待女人；第三看他们怎样利用闲暇的时间。"这个学生沉迷于虚拟世界，没有充分利用有限的闲暇时间，固然是件遗憾的事情，但万不可因此推翻自己之前的诸多坚持，而要懂得体谅，学会宽解。时间只负责流动，不负责育你成长。"教育不是万能的"，不管何时，无论何地，这都是真理。一路走来，每一个生命都有残缺，每一种教育都不完美，努力便无憾。

再听李宗盛的《山丘》，多了一份坦然安然。越过山丘，虽然已白了头……

/ 她从山中来

纯，我真羡慕你，不用手机的你，能安享在山中的静好时光。回想白天与你在路上不期而遇，我们走在人行道的树荫里聊得忘我的一幕一幕，夜深了我还无法平静。

不用手机，心无挂碍，在现实里多么不合时宜，不用工作吗？不念亲人吗？不会生病吗？于你都不是问题，该工作的时候回到城里，安安心心地坐班，休假的时候把一切都放下，包括手机、电脑，包括自己的疾病、家人的一切。牵挂是多么恼人的一样东西，沉甸甸地压在心头，你若硬生生要搬开，心一下子就空了，何况是那么容易搬开的么？你病了，活着是唯一念想，其他都是浮云。家人希望你不再失眠不再抑郁，单位希望你平安无事能照常工作。细想，这个世界少了谁不一样转么？会快一秒？慢一秒？都不会，内心真实的声音盖住了

即便处处不如意，也能南山
悠然可见，菊香盈盈满怀

那句金玉良言，我很重要。终于，你这个病人，解脱了，一些责任不能要求于你，所有的羁绊远离了你，你自由了。

纯，你知道吗？手机，让现代人为物所役。每天一睁开眼，就拿起手机，刷微博微信，看各式新闻，什么明星八卦吐血被黑的统统要瞅一眼，这里点点，那里瞧瞧，时间的流水无声地流逝，却浑然不觉。突然意识到正事没做，时间已过去多少多少，细一算，心疼，懊悔不已。待明日，一切如常，连心疼和懊悔都是一样的。生命本就是一场浪费，怎么能浪费得这样不甘！有多少人渴望过这样的一天，远离一切现代科技的东西，像古人一样，日出而作日落而息，去接近自然，听从自己内心的召唤，而不是整日抚摩冰冷的机器，在痛悔和纠结中度日如年。但，有多少人有付诸实践的勇气？纯，我真心羡慕你，不管什么原因，你丢开了这些，过了一段纯粹的日子，且身心愉悦。

“山中的时光，美妙不可言，容我笨拙地说与你听。”你说的时候，眼睛晶亮有神，完全不像一个病人。

我的一天是从一片悠扬的鸟鸣开始的，它们啼叫的声音不急不缓，不轻不重，远远近近，高低错落，是任何高级的乐器和高明的乐手都奏不出的天籁。它们不屑于重复，你若细听，每天都有分别。只一样是不变的：悦人心。我看到晨曦温柔地靠近我的窗棂，一缕一缕的阳光洒进来，带来山庄林木的气息。我不愿赖床，我的每一夜都那么安稳，若不趁早起来，真怕辜负了这样的晨光。我漫步山庄的小道，满目葱茏，空气都好似透着淡淡的绿。走进并不阴森的树林，我看到阳光从枝叶的罅隙里洒下金色的光斑，那些光影也落在有些苔藓的岩石上，地上的层层落叶和底下腐草杂糅的气息，在温和地蒸腾弥漫，我听到窸窸窣窣自己的脚步声，我好像能听到自己欢喜的心跳。你嗅过林子里的空气吗？它不像城郊的空气那样甜腻，它和马路上混合着油气尘土味的更是截然不同，像清泉，像清晨清脆的鸟鸣，像林间拂过耳畔的一缕清风，想象这样清澈的氧分子被你的鼻子吸入，进入肺腑，一路涤荡，涤荡，浊气呼出，整个人神清气爽。如果空气可以用颜色来表达，城里的空气是铅灰色的，带着机器和金属的味道，而山里的空气，是真正透明清澈的，若背景是蓝天，那就是干净明亮的蓝，若背景是山林，那就是一览无余的青翠。安享在山里的每一日，真觉得在城里的每一天都是虚度，但我没有时间后悔，我要把每一分每一秒都用在享受上，空气，山风，阳光，和满眼的绿。

享受真的不是无所事事的清闲，真的。有时我在林子里散步，看人采蘑菇，挖野菜，摘一些花花草草回房间当瓶花，那是一群也在山庄住宿的老头老太，他们来自城里，乡野的一切让他们感到新鲜，仿佛每个老人都变成了孩子，在林子里叫嚷，完全不顾身份年龄。我会被他们打动，丝毫不计较他们搅扰了树林的清静，走在这样的路上，呼吸着这样的空气，自在，满足，所有计较的心都睡了。有时我在院子周边漫步，喜欢月光不甚明亮的夜晚，满天都是星星，好像星空低垂，还有萤火虫，它们喜欢扎堆在瓜豆禾苗上。院子边沿一溜儿菜蔬，丝瓜、葫芦、豇豆爬满架子，还有小小的几畦菜地，种些茄子、辣椒、番茄。更多的时候，我坐在园子边的藤椅里，一杯茶，一本书，陪着天光过一日。不用想，上班快迟到了，老人怎样孩子如何，下班的辰光要赶去买菜做饭，任何俗事都退到一边，不用电脑，没有手机，不看电视，我不关心全世界，这一刻，我只安心与一本书面对面，听作者在动情诉说遥远世界的故事。以前我没有耐心读完的《瓦尔登湖》，现在竟然一页一页看完了。在一个暮色四合的傍晚，我读完最后一页，轻轻合上书，梭罗好像在傍晚的天光里微笑。简朴生活，选择澄明，其实不必像梭罗那样离开哈佛，离开城市的喧嚣，独居瓦尔登湖畔的森林里，开荒种地，打猎伐木，比如此刻，我离城并不太远，就可以拥抱俗世的温暖，同时听到自己内心在自由歌唱。梭罗最后离开了瓦尔登湖，在两年又两个月之后。有人说，在你还没有让你的心静下来之前，请不要打开它。我打开了它，读完了它，还守住了这份宁静。我还会回到山里，在城市与山林中往返，在生存和生活间游动，我真的不知道寂寞是什么，我多么享受这样独处的时光，连病也听话了，不必服药便可以安睡。我知道我不得不回到城里，但并不像以前那样为之焦虑，因为有一场期待就在眼前，我终将归来，和山林相依相偎，和宁静和平相处。

你若以为山中寂静，真是大错特错了。山庄里生活简单，但不缺的就是热闹。邻居常换，退休的老人居多，也有像我这样住得比较久的，彼此面熟，相见会微微一笑，但绝没有刨根究底的好奇，微微一笑就够了。老人大多是不甘寂寞的，很多时候他们在园子里围坐着打麻将，不喧哗，也不至于安静。园子旁有圈养的鸡鸭，它们有时会叫，提醒主人别忘记它们的存在。有时它们会后悔自己叫了，因为主人抓一只就是餐桌上的本味。抓鸡的时候，唧唧呱呱的声音，震得整个山林都听得到。至于这样那样的鸟声，只要静听，都是不歇的。山庄也有电视机，能听到播放的声音，有时是新闻，有时是连续剧，还有广告。播放广告的时候，老人们说话最多，声音最响，走动倒水的最勤。这种静从哪里说起呢？没有了庸碌事物的烦扰，心静而已。不是一定要到无车马喧的人境，才能“采菊东篱下，悠然见南山”，给自己一个安宁的空间，心无旁骛，修篱种菊。不刻意要得到什么，在自由与不自由间穿梭，找寻到内心的一种平衡，即便处处不如意，也能南山悠然可见，菊香盈盈满怀。山中岁月的静好，不只是书带给我的，不只有清风、清泉、清新的空气，是一颗不以物喜不以己悲的心，是看清楚滚滚红尘后的淡泊澄明的心。心静了，世界安好。

你看过那本《消失的地平线》吗？是的，讲香格里拉。那里雪峰峡谷，庙宇辉煌，遍地野花，牛羊徜徉，湖泊和天空都净如明镜，是宗教的乐土，是人间的天堂。但后人再也无缘一见希尔顿笔下的美景。你一定读过《桃花源记》，芳草鲜美，落英缤纷，人们黄发垂髫，怡然自乐。其实何必苦苦寻觅香格里拉和桃花源？心静，一去尘世烦扰，处处香格里拉，处处桃花源。你睡眠也不好，身体又常有病痛，可愿意也去山中一住？手机关机，心无挂碍才好。即使山中有老友同住，也是不会闹的，这样的氛围，心自然会静下来。

我一心羡慕你，却知这样充满诗意的生活于我可望而不可即。我们在十字路口依依惜别。你在等待一场抵达，抵达心静安详。我由衷地谢谢你，为我描摹这样一种惬意静美的未来，虽不能至，心向往之。

/ 床前明月光

城市安静了，月光如纱。

那迷蒙的月色，可以用巧手把它一层一层地揭开，假如我有这份心情，我最愿意做的便是，剪裁这城市的月色，就如孩童对待他手里的积木，费尽心思地搭建，看不顺眼的，随心所欲推倒了重来。我要把这月色剪细了，喜欢什么形状便剪什么形状，想多少大小就剪多少大小，直到细碎到无法再剪，看这片迷蒙变成尘埃，和城市融在一起，不分彼此。等太阳升起来，照亮每一个角落，每一种心情都变透明了清澈了，再抖落一身疲倦，起程。

月光下远方的宝石山，还依稀可见起伏的山线。那座城市标志性的建筑保俶塔，因塔身装饰灯闪烁还能看出塔的形状。我的目光翻山越岭，飞跃鳞次栉比的群楼，停留在那抹微光上。有些时候，在白天，在假日，若是艳阳高照，或是大雪初霁，我便一个人爬宝石山。一个人的好处是不用说话，所有的心思都在两条腿上，上石阶，走碎石路，停下脚步看风景，都完全可以自己做主。有一种步行叫“徒步禅”，或许这就是？我知道“徒步禅”这个说法是在最近流行，但这种感觉却由来已久。那是一种忘我，你会越走越轻松，三五个小时的行走，真是如履平地，甚至会有片刻的感觉，像是在飞。我爱上了这样的行走，一段时间的忙碌，若不能畅快地徒步一回，便浑身无力。原来走路也是会上瘾的。那一刻，我的思想脱离了我的身体，开始畅快地攀登。如果可以，在这样的夜色里，我真愿意快意行走，远离喧哗，躲开拥挤，藏到自己的内心里，安享。

同一片月光下，看怎样的红尘。想起白天读的张爱玲的书。月光下，张爱玲笔下的七巧，靠着斑驳的窗户，举起她的手来，手上的那只玉镯，往上推，推，推，一直就推到胳肢窝下面了。七巧，原先也是热的，活的，知痛知痒的，活泼泼的青春，圆滚滚的胳膊，玉镯子在手腕上箍着，连条洋绉手帕都塞不进。像一朵花，渐渐绿肥红瘦，直到残败枯萎，无情的是催人老的光阴。七巧的故事，有歌声飘来，“弯弯月光下，蒲公英在游荡，像烟花闪着微亮的光芒……”，几秒后飘散。随之是贝多芬的月光，英雄沉潜下来，内视自己灵魂深处的梦幻、诗情、渴望，月光下的独白，酝酿着汹涌的狂热。德彪西的月光很快盖住了贝多芬的，皓月银辉，阿尔卑斯山积雪如银，月明星稀，原野安详，风吹来树叶沙沙，开阔而静寂。有维尔伦的诗打底，德彪西的月光渐渐铺满了我整个的夜晚。故乡的河在月光下静流，远去的童年又回来了，乡间的小路，无邪的玩伴，阵阵笑声，快乐的无所事事，裹挟着无法止歇的一种叫乡愁的东西澎湃而来，我安心地随波逐流。有书读，有音乐听，思想自由，我活在这样的，人间。

安眠是这样稀缺的东西，我被窗外的一声响硬生生拽回来，月光下，喝酒喝酒。城市的一切，都变得浅淡浅淡，充溢心中的是被自己温暖的安然。斟红酒，抿一口，回味，对自己说，捎个好梦来。更清楚地知道，我不算什么。在时间的长河里，一宿的失眠真算不得什么；在无垠的空间里，一个小我只是尘埃一颗。温一壶月光下酒，也好。

在嘴唇一翕一张的低吟里，终于入眠，我的眼前幻化出明晃晃的月光。床前明月光，在梦里，我率性地剪裁这片月光，一片，一片，又一片……

/ 为一座城心动

一、缘起运河边

故乡的一天是从一桶水开始的。晨曦初露，运河边，河埠头，把一家人的衣裳洗干净，然后一手端一盆衣裳抵在腰间，一手拎一桶水，和黎明一同回家。

每次漫步杭城运河边，我的脑海里总有这样的画面，那画面是灰白色的，有着岁月的沧桑和凝重，我想不明白其中的缘由，那段生活于我是一种陌生，却总这样硬生生把我拉进画面，演一场人间烟火给我看。也许是冥冥中我踩到了自己祖辈的脚印，才有这样奇怪的感应吧？

京杭大运河，最古老的人工河之一，从春秋时期一直流淌到今日，一年又一年，一辈又一辈。先有家，还是先有河？如果先有家，那开凿整修的民工中有没有我祖辈的身影？那朴素的船工号子里有没有我祖辈的声音？比春秋更久远的时期，我的祖辈又在哪里？如果先有河，家又是从哪里寻到这条河？我的祖辈可曾在运河边的食肆勾栏喝茶听戏？那拱宸桥边的祖屋可曾记得漕船带来的人烟阜盛？我固执地抛给自己一个个问题，明知不会有答案，却不能收住思想野马的缰绳，我纵容我的心沉溺在一江河水里，忘记欣赏眼前的水清，树绿，景美，人和。

可以确知的是，我的祖父母一辈子住在运河边，我的父亲生于斯长于斯，最后他们都埋在了这片深情的土地里，在彼岸仍可以听运河的涛声，漕船的桨声，还有春天河畔垂柳的莺啼鸟啭。

运河啊，我分明感到这一路蜿蜒纵横的水道，就是法师用水写下的富有韵味的“禅”字，一笔一画都风情万千，令人凝神默想间心旌摇荡。

二、草木有佛心

一花一世界，一叶一菩提。

春到灵隐的时候，好像调皮的孩子变魔术，这周去见到的还是满眼的灰色调冬的气息，待下周再到，一抬眼，呼啦一下，天蓝，云白，树绿，花红，一个饱满的春天跳到了我眼前。我喜欢寺庙氤氲的香味，春分前的一天，阳光很好，天有些蓝，下班后便去灵隐走走。我到得有些晚了，绝大部分人往外走，我一个人往里走，越往里越安静，游人渐少，春日余晖洒在灵隐的草木上，我心头一动，这么多年，第一次这样仔仔细细地看那些树。

入门，门两侧的几株香樟，枝丫一侧轻，一侧重，重的那边倾向牌坊，似仙人伸出手去触摸“灵隐飞来峰”几个字。鸡爪枫还未长出新叶，只有米粒大的绛红色的小花苞。玉兰怒放有两天了，粉白的花瓣经不起细看，有些旧了。160年的珊瑚朴高耸入云，枝干一人无法合抱，树冠枝叶并不茁壮，刚长出新芽，仰望，以蓝天为背景，竟然是褐色的。另一株珊瑚朴，树龄有210岁。300岁的榆树，600岁的枫香，高高低低的桂花树，瘦高的柏树，蜿蜒在黄墙上的爬山虎……春天里的各式草木，不争，不怨，淡然生长，我想象在夜幕低垂悄无人声时，它们会有人类听不到的倾心长谈。安静做自己，努力做最好的自己，想来这份欢喜灵隐的草木都懂得。

曲径通幽处，禅房花木深。春分后，清明前，龙井一带是茶的天下。茶树，这南方嘉木，依坡而植，深深浅浅的绿，铺满山坡。那些采茶人点缀其中，他们的巧手像鸟儿啄食一样，一刻不歇采摘着嫩叶。草木有心，它们知道得了土地的给养，就该这样奉献自己。灵隐的一味禅茶，更懂得佛心回报的真谛。在虔诚的唱诵声中，法师们排着整齐的队伍来到茶园，僧衣飘过葱郁茶林，慈悲之手一掐一扬，几挑新绿便入竹篓中。茶园远离闹市喧嚣，茶树不施农药，禅茶是法净寺的僧人自种、自采、自炒、自用的，每年产量不多，纯粹的天然绿茶，善信若有缘，也可一尝，看和俗世的一碗茶可有分别？

想起一个故事，说的是著名的“吃茶去”。平常心是道，所谓平常心，不是日常浮动的心，是不起分别的平，不随物转的常。茶道仅仅是“夏凉之，冬暖之，炭煮之，茶好喝，尽在其中”。

面对这些平常的草木，须静虑，心动，是树，是茶，还是禅，是诗？否则，可惜了一碗茶。

三、永恒三生石

三生石在灵隐附近。到灵隐后，不入内参观，而是沿旁侧的天竺路往上走，行不过里许，右手边有路标，写着“三生石缘”，右转，沿一平坦石子路，走50米左右，再往左手边上坡，便很快到了三生亭，继续往上，右手边有三生石故事的说明，在不显眼处，见到镌刻在山石上的三个红字“三生石”。

何谓三生？佛教里讲的前生、今生和来生，也就是过去世、现在世和未来世。关于三生石的故事，在唐代就有了，苏轼还为之写了《圆泽传》。还是讲情，但它讲的是友情，同样让人扼腕。说的是，唐朝名士李源因为父亲在变乱中死去而体悟人生无常，发誓不做官、不娶妻、不吃肉食，还把自己的家捐献出来改建洛阳惠林寺，并住在寺里修行。他和寺里的住持圆泽和尚是知音。一次两人同游峨眉山，途中圆泽辞世，死前与李源约定十三年后的中秋之夜相见于杭州的天竺寺外。十三年后李源信守诺言，专程赴杭州践约，见一牧童骑牛而至，口唱竹枝词："三生石上旧精魂，赏月临风不要论；惭愧情人远相访，此身虽异性常存。"李源听了，知道是旧人，忍不住问道："泽公，你还好吗？"牧童说："李公真守信约，可惜我的俗缘未了，不能和你再亲近，我们只有努力修行不堕落，将来还有会面的日子。"随即又唱了一首歌："身前身后事茫茫，欲话因缘恐断肠；吴越山川寻已遍，却回烟棹上瞿塘。"然后牧童消失在茫茫月夜。

这个故事，在网上随处可查，有的版本很简洁，有的叙述很详细。我不愿意听人说，只是一个传说。我总想，一个故事，能隔了1000年的时光，一直走进我们的心里，一定有它的玄妙之处吧！在三生石上，你若细细地看，能发现很多美好的名字，我相信，它们是虔诚相信爱情的人双双对对留下的。虽然有的感情即便刻在山石上也未必能永恒，但这种渴望永恒的情感却是世世代代不朽的。

暑假的一天，我独自一人前去探访三生石，一路风光，一路安静。我问自己，什么是努力修行不堕落？明心见性，在快节奏的现代生活和工作中，铭记慈悲容忍，知福惜福，需要不多，知足常乐。简言之，修行就是不断修正自己的行为，让自己变得博大、宽厚、智慧。

每一次谒见三生石，都是一次醍醐灌顶的心灵洗礼，提醒自己，努力修行。

四、满陇桂花香

风过，香来；雨来，香散。

满城桂花香，无桂不杭州，桂花是秋季杭城的标签。

不得不提“满陇桂雨”，这个诗意的景点名。有人想当然把“满陇”理解成“满垄”，仿佛眼见桂花树被种植得相当齐整，一垄一垄的，香满空山，人行其中，沐浴芬芳，清风徐来，落英如雨。其实这“满陇”是地名“满觉陇”的简称，北宋年间，此地有寺院，名满觉院，满觉的意思为“圆满的觉悟”。虽然寺院早废，这名却沿用至今。当长假来临，游人的喧嚣呼啸而至，一棵桂花树下站十几人，甚至几十人，纷纷吵嚷着，仰着头赏桂，那随风飘落的零星的几朵桂花，仿佛是被吵闹声震落的，要达到圆满终究路漫漫其修远。

理想的秋日是这样的，秋阳暖暖，秋风柔柔，空气新鲜，如果有蓝天白云的背景，自然再好不过。和二三亲友，自带喜食的吃食，在桂花树下围桌而坐，用虎跑的水，泡一杯今年的明前龙井，轻声细气地聊闲天，有一搭没一搭的，或者什么也不说，嗅着桂花满树的香，啜一口茶，翻几页书，或者心甘情愿地浪费半天时光，靠在藤椅上，眯眼，打盹，做一个香甜的梦，梦里似也飘着桂花的香。

催人醒的，是馥郁桂香。不同品种的桂花，香气也有分别。晴天时，丹桂的香就不如金桂来得浓郁。也许一日中，同一株桂花，香气也有浓淡之别。可能这样的比较显得很唐突，一株桂花树，一年中只有几天，香气很是恣肆，大多时候，只是淡淡地开，浅浅地香。忽然觉得，桂花像调皮的小孩，任性得很，至于飘一两朵到游人的发梢，更是它擅长的游戏。假如能懂花语，怒放时，众人欣羡时，就会明白桂花在想什么；凋零时，或者做了糖桂花、桂花栗子羹、桂花糖藕之后，桂花会说什么。假如有人知道，想必也是不肯说的，那好像她和桂花共守着一个甜蜜的秘密，岂肯轻易示人？

杭城有绝艳三雪，西溪芦花谓之秋雪，灵峰梅花谓之香雪，而满陇桂花就是金雪。雪碰到雨，注定要化，在江南就是这样。台风来了，雨打前站，不见树下的金雪几何，若不到凋零的时日，雨是奈何不了它的，只是那香，丝丝缕缕的，一下饱蘸着雨的重量，闷头闷脑扑向树下的沃土，这是桂香最好的归宿。

人说叶落归根，我看，花落归根，香落归根。

赏桂，也是修行，饥了吃饭，困了睡觉，看到美的事物也由衷欢喜，简单的日子，平常的生活，心静则净，和诗意的“掬水月在手，弄花香满衣”有何分别呢？

五、温暖腊八粥

杭州的冬天是不能少了这碗粥的，灵隐寺的腊八粥。

在传统文化里，腊八节更多承载的是社会大众祈求安康吉祥的朴素愿望。于佛教而言，腊八粥则是为了纪念释迦牟尼佛成道，成道之前牧女供粥给佛陀，佛教以施粥的方式感恩社会，回报信众供养。灵隐寺年年举行腊八施粥活动，即便每次多达30万份，也不是人人有缘能吃到这碗粥的，毕竟杭城常住人口就有800多万。我的三伯活了八十多岁，就是没有吃到过灵隐寺的腊八粥。

三伯一生命运多舛，年轻时身为共产党员的他带头支边多年，留体弱多病的三妈一个人艰难地拉扯两个孩子长大，后来一家终于团聚了，三伯终于退休了，也青丝变白发。没享几年福，唯一的儿子就工伤丧命，儿媳改嫁；几年后，唯一的女儿家庭遭遇变故，女婿出差时突发疾病过世。三伯屡受重创，从此为人十分寡淡。

那年的腊八节，恰好是周末。我准备起个大早，去灵隐寺排队领粥，特别是为不幸的三伯家领一碗暖暖的腊八粥。那天，我天不亮就起身出发了，为了表明自己的虔诚，我徒步了一个多小时。快到灵隐时，见一些热切的市民，都在朝灵隐施粥点方向涌去。入内，我看着前面秩序井然的长长队伍，安静地随人流挪动，那时天还没有大亮。在这样的氛围，没人高声喧哗，没人插队吵闹，大家静静地排队。我听到排我前面的一个男子在打手机，很温和的吴侬软语：姆妈，覅急，队伍马上排到的嘞。我在渐渐明亮的晨光里看了几眼这个陌生人，打扮时尚，保养极好，可也不年轻了，起个大早，只为亲自给白发老母亲领一碗灵隐寺的粥。我猜他的老母亲可能信佛，毕竟灵隐寺在每个杭州人的心里都有着不同一般的虔敬之意，即使不信佛，祛灾佑福也是常人之心愿。

每人可以领两碗腊八粥。碗是寺里统一提供的一次性塑料碗，上有寺名和印章，还写着腊八粥的配料：花生米、红赤豆、莲子、桂圆、红枣、蜜枣、芸豆、白果、白砂糖、糯米等。从灵隐寺的法师们手里捧过热腾腾的腊八粥，冬天的寒意被驱除殆尽，阳光洒满每一个人的心，不管他是贫穷还是富裕，是青春还是耄耋，是顺利还是不幸，是卑微还是显赫，都被这慈悲的光芒笼罩了。我小心地拎了粥回家，一碗给家人，一碗送到三伯家。三伯耳朵很聋了，要么不说话，一说话就很大声。他接过我捧过去的一碗粥，声音很响的一句，灵隐寺的呀！三伯的眼睛放出光来。

小小一碗粥，真真一片殷诚笃行的菩提心。

六、假如有来生

曾让学生写命题作文，题目是“假如有来生”。这些在杭城长大的中学生，对于来生有很多念想，有女生想当男生的，个矮的梦想可以在篮球场奔跑的，有希望生在富豪家的，有想拥有特异功能的等，五花八门。若要论出生地，我粗粗一翻，竟无一例外地愿生在杭州。

假如有来生，我也愿做杭城人。杭州，就是这样的一座城，它是热闹的，红尘中所有的现代它都具有；它也是安静的，可以在一花一草里参禅，全在你用什么心看待它。它是慈悲的、温暖的、包容的，它也是善变的、个性的、不完美的。这座城是柔软的，也是厚重的；是古老的，也是年轻的；是单纯的，也是复杂的。单说灵隐，就有除夕夜烧头香礼佛、中秋赏月普茶晚会、冬至祭祖祈福法会、腊八施粥表感恩等活动，除了这些常规的活动，还为杭城最美司机举行往生超度法会。灵隐寺有了官方微博和微信，指尖佛缘，和现代的生活融为一体。最活色生香的日子，最人间烟火的味道，在杭城，你都可以体味到。

我从运河边的家起步，记下我的心动，春天的草木禅茶，夏天的山石故事，秋天的满陇桂香，冬天的一碗暖粥，无不传达着这座城的美，善良慈悲，和对每一个人的脉脉温情。

假如有来生，还做杭城人，还住运河边，再续我和一座城的缘。

/ 一直很安静（代后记）

韩月牙

我喜欢我是安静的。一朵花也是。

这几日，家中的十几盆仙人球，已经缀了二十来个毛茸茸黑乎乎的花苞，再过几天，至多半个月，一定会璀璨花开，静美若昙花。

楼下有一邻居，酷爱养花，她家的阳台窗台，全都摆满了盆花。她听我说喜欢仙人球，就热情相告，她家有种仙人球，开黄色花，可以不断地开花开花，并且兴兴隆隆地要掰一个小球给我。我当即婉拒了。我养仙人球，图个什么，一年三百六十天的等待，只为一天的盛放，享受这个静候的过程。说小了是养花，但世间的事莫不如此，于我而言，要的是一个盼头，并对此有信心，近乎一种信仰。

倘若三天两头开花，先不说我忙坏了，单想想那花，开花开得累死，能不心疼么？

仙人球的生活日常，静默如谜，看那些棱角和锋芒，像个桀骜的斗士。但日久生情，何况不是五日十日，而是整整三十年，一万多个日子，我对仙人球的感情近乎亲人了。陌生人尚且要善良以对，何况亲人呢？别看它们冷漠的样子，我懂得它们在用力生长，积极地积蓄力量，也和我一样，等待一日花开。我能做的是付出真心见行动：了解清楚仙人球的习性，像对待学生一样因材施教，浇水不勤，待干极了再一次浇透。要知道，好些花木夭折，皆是因为主人浇水过勤。到了和煦春日，施肥，移盆。仔细的人勤施肥，我一般只在春天弄一次，仙人球们早已习惯我的不娇惯，突然变勤只怕它们不适应呢。移盆，一年最多一回，板结的泥土需要松一松，长大了的要换大盆，老枯了的要清理。很多时候，无暇细看它们，似乎它们永远这般大小，只有见着球比盆大了，才惊觉，成长就是这样不知不觉的过程。

安静养花，需要平常心，少狭隘的比较，无低俗的攀比。呀，楼下人家阳台上的仙人球开花了，我家的怎么连个花骨朵都没呢？呀，人家开花这样密，都只见花朵不见球了，我家的怎么这般疏疏朗朗啊？就像人一样，每个人都独一无二，花亦如此。和过去比，也无意义，去年花开二十朵，今年能不能二十五啊，最少也得二十一二？去年拍了照放到微博上，点赞十人，今年怎么也得多点吧？花儿不语，静默如谜，其实哪怕今年花只开出两朵，也是好的，安静者，皆平常心。

只争朝夕的时代，谁有耐心静候？耐心等待，从容生活，似一次安然的散步，慢慢走，稳稳走，享受走的过程，确保方向不错即可，不强求心无旁骛，沿途的风景不会视而不见。耐心等待不是傻傻地痴迷，不必我的眼里只有你，大千世界，万千美景，同时尽收眼底。不心急，不浮躁，你知道花儿存在着，坚信某个春日会花开，然后按照你自己的节奏生活便是。让这成为人生的执念，耐心便翩然而至。

还得有点匠心，精巧的心思，让庸常的生活平添雅致。写文，画画，面对这静默的老友，用文字，用线条，用心，交流着。安静，可以沉默不语，也可以心掀狂澜，必须在场的是，让日子更美的心。这匠心和平常心矛盾吗？打个比方，绣一朵花，有五个花瓣，精心绣即可，融入巧思与个性，并不奢求每个花瓣都完美，只要有一片花瓣，某一个角度，欣赏者觉得赏心悦目，便不负光阴，匠心并非无可挑剔的同义词。再说，这世间有完美吗？月有阴晴圆缺，月牙者，注定不完美。

这样，我与花的遇见，恰恰好。

信心，真心，平常心，耐心，匠心，呀，真乃“五心”少年啊。红尘纷杂，时光倾轧，愿你归来，仍是少年，初心不改，简静依旧。

某日，灵光一闪，我这三十年的老友叫什么名呢？邻居说的肉肉，名字可光鲜了，听听，什么露莲娜、薄雪万年草，什么若绿、雨心、蓝黛莲。上网一查，貌似应该叫短毛球，也叫草球，极常见的一种仙人球。球体绿色，筒柱形，直棱排列整齐，有暗褐色短刺，花侧生，漏斗状，六七月开花，花蕾会逐日变大抽长，盛开的一朵有成人叉开的一只手大，花朵洁白素雅，夜开昼闭，人称夜皇后。对照图文，基本可以确定，但有两点不符，一是六七月开花，我家的向来五月盛放，偶有夏天开花的，只开一两朵；二是夜开昼闭，花期是短，夜里常开，但白天并不闭合，只不过到午后花瓣渐渐缩拢，绽放到萎谢不超过二十四小时。

掐指一算，从1986年至今，已经三十一年，我和这仙人球的缘分竟然已经延续了三十一年。再过几日，它们又将开花，我要不要悄声问问它们：亲，你们真个叫短毛球吗？

想必它们还会保持一贯的高冷，沉默不应。但，我还是要感谢这些花，每年如期盛放。花于人，从不辜负；人对花，安静的等待也从未缺席。